草凪 優

愚妻

実業之日本社

実業之日本社文庫

目次

愚妻

第一章　最初の浮気

1

ベランダから吹きこんできた風が、リビングを支配している重苦しい空気を揺らした。

もう秋だ。風は冷たい。過ぎていく夏が名残惜《なごり》しくて窓枠にぶらさげっぱなしにしている風鈴が、りん、と鳴った。夏には涼となるその軽やかな音色が、いまは物悲しくしか聞こえず、私は天を仰ぎたくなる。

「……ごめんなさい」

妻はうなだれている。彼女が座っている鮮やかなターコイズブルーのソファは、イタリア製の高級ブランド品だ。この家に引っ越してきたとき、これだけはどうしても譲れない、と彼女が自分の貯金を叩《はた》いて買った。他の家具はリーズナブルでも、そのソファがあるおかげで家の中に華やぎが増した。さすがだなと思った。個人事務所に毛が生えたようなものだが、妻はインテリアデザインの会社を経営している。

彼女がそのソファで寛《くつろ》いでいる姿を眺めているのが、私は好きだった。私の妻は美しい。長い黒髪に、色の白い清楚《せいそ》な美貌。手脚が長く、身のこなしがエレガントなので、とても絵になる。それゆえ、私はそのソファに座らない。独身時代から使っている、粗末な木製の椅子が定位置だった。

まるで夫婦の格差を象徴しているような構図だが、まるで気にしていない。妻はいつだって、隣に座れば、と誘ってくる。そのたびに私は微笑を浮かべて首を振り、温かい紅茶や冷えたビールやウイスキーのオン・ザ・ロックスなど、彼女がその時々に必要としている飲み物を運んでいく。

「……怒ってます、よね?」

妻が卑屈な上目遣いを向けてくる。私は言葉を返せない。怒っているのかいないのかと問われれば、怒っているに決まっている。女房に浮気をされて怒らない男などいるはずがない。しかし、怒りよりも混乱や動揺のほうが遥《はる》かに大きいので、怒った表情をつくることさえできないだけだ。

実を言えば、いつかこんな日が訪れるのではないか、と思っていた。日常生活を淡々と送りながらも、いつもどこかで怯《おび》えていた。

私と妻は同い年の三十五歳で、結婚して三年目になる。

三年目の浮気と言えば、普通は夫のほうの火遊びを指すものだと思うが、わが家ではあべこべの事態が起こった。世間一般とはあべこべの夫婦だからだろうか。妻が外で稼ぎ、夫は家を守る専業主夫。それにしても……。

「詳しく説明してもらえませんか？　順序立てて……」

私は掠《かす》れた声で、かろうじてそれだけを口にした。妻の浮気を察知し、問い質《ただ》したのは私だった。証拠も押さえてある。妻はすぐに白旗をあげた。私の押さえた証拠は、それなりに説得力のあるものだった。それにしてもあまりにあっけなく浮気の事実を認めたので、私は啞然《あぜん》としてしばらく口をきくことができなかったのである。

「本当にごめんなさい……」

妻が頭をさげる。彼女の長い黒髪は光沢があってとても綺麗《きれい》だ。それをしきりにかきあげながら、途切れ途切れに言葉を継ぐ。

「相手の……森野篤也《もりのあつや》くんっていうのは……わたしの会社にバイトに来ている男の

子なの……いま大学三年生で……」

さすがに驚いた。証拠として押さえたメールのやりとりから、相手が年下だということは察しがついていた。しかし、大学三年となると二十歳か二十一歳だ。実に十四、五歳も下ではないか。

「可愛《かわい》い感じの子なんです……顔がっていうんじゃなくて、いまどき珍しい木訥《ぼくとつ》とした感じで。もう東京に来て三年目なのに、昨日田舎《いなか》から出てきましたって雰囲気をしている、純情な子で……うちの会社はほら、女所帯じゃない？　いつもみんなにいじられていて、本人もいじられるのが嫌いじゃなさそうだったんだけど……あるとき、突然事務所で泣きだしたの。もう夜の九時を過ぎてて、事務所に残っていたのは私と彼だけだったんだけど……どうしたの？　って訊《き》いても、なんでもありません、って首を振るばかりで、でも大粒の涙をボロボロこぼして……泣きやむのを待って事情を訊いたら、どうやらみんなに童貞なことを馬鹿にされたらしくてね。森野くんって、見るからにそういう感じがする子なの。女っ気がどこにもないような……でも、さすがにそれは、いじってるんじゃなくて、いじめじゃない？　セクハラ、パワハラの類いでしょう？　まさかうちの会社でって、呆《あき》れるやら頭にくるやらだったんですけど、そのときはもう事務所に誰もいないから、お説教のしようもなくって……とりあえず森野くんを慰めるために、焼肉屋さんに連れていきました。わたしが明日みんなにきつく言っておくから、嫌なことは忘れちゃいなさいって、ビールを飲ましまして……」

「自分も、飲んだわけですね？」

妻は気まずげに顔をそむけた。彼女は決して、酒癖がいいほうではない。容姿も身だしなみも落ち着いた大人の女なのに、酒に飲まれる。とくに、感情を掻《か》き乱されているときは危ない。

「わたしだって……悪い癖だって、わかってるつもりです……でも、気がつけば、焼酎のボトルが……一本空いてて……」

「焼酎だけじゃなくて、ビールやマッコリも大量に飲んだんじゃないんですか？」

「……すいません」

妻はさすがに恥じているらしく、頬を赤くしてうつむいた。

「森野くんとふたりで飲むのはもちろん初めてだったんですけど……いちおう、その、慰めてあげようと思ったわけ……キミ、そんなに容姿も悪くないから、堂々と女の子にアタックしてみれば、とか。童貞を馬鹿にしたのはみんなが悪いけど、彼女ができれば馬鹿にされることもなくなるよ、なんて……でも、返ってくる答えが、僕はべつに彼女なんていりません。なんなら一生独身でもいいです、とかだから、わたしだんだん、苛々《いらいら》してきて……」

言葉を切った妻は、喉が渇いたようだった。私は腰をあげなかった。妻は哀《かな》しそうな顔で冷蔵庫まで行き、少し迷ってからミネラルウォーターのボトルを出し、グラスに注《つ》いで飲んだ。もしビールに手を伸ばそうものなら、私には一喝する用意があった。

「苛々してきて、どうしたんです?」

ソファに戻ってきた妻に、先をうながした。

「……お説教をしました」

「どんな?」

「……この世には男と女しかいないんだから、仲良くなったほうが楽しいに決まってるでしょう?　とか……」

「それだけですか?」

「……エッチって気持ちいいんだからとかも、言ったかも……」

妻は眼を泳がせながらもごもごと言った。曖昧に言葉を濁しても、動かぬ証拠が残っていた——社長が言っていた通り、エッチは最高でした。森野からのメールである。

「その彼、森野くんは、べつに異性と仲良くすることを嫌がっていたわけじゃないでしょう？　恋愛沙汰が苦手なだけで」

「……はい」

「そんな彼に、エッチがどうこう言うほうが、よっぽどセクハラ、パワハラじゃないですかね？」

「……そうだと思います」

「で、酔った勢いでラブホテルに入った……」

「ごめんなさいっ！」

　妻は痛切な声をあげ、深々と頭をさげた。

「たまたま……たまたまそこに、ホテルがあったからいけないんだと思うの。チカチカ光ってる看板見ただけで恥ずかしがってる森野くんがおっかしくて、入るだけ入ってみないって……」

「希和子《きわこ》さんっ！」

　私が声音を鋭くすると、

「はいっ！」

妻はビクッとして背筋を伸ばした。

「つまり、あなたは、自分から男を誘って浮気をしたんですね？」

「だっ、だから、そうじゃなくて……そのときは、入るだけのつもりだったわけで……」

「ラブホテルっていうのはセックスをするところでしょう？　それ以外に入る理由なんてありません」

「そうかしら？　そんなことないんじゃないかな？　入っておしゃべりだけして、出てくることだって……あると思うし……」

「ありませんっ！」

私の声の大きさに、妻は身をすくめた。私の声は大きいだけではなく、激しく震えていた。怒り以上に哀しみがこみあげてきて、それ以上言葉を継ぐと、嗚咽《おえつ》をもらしてしまいそうだった。

既視感があった。

いまの話は、いつかどこかで見た光景にそっくりだった。

浮気の経緯を聞いて、彼女ならやりそうなことだと思ってしまったところが、哀しくてしかたがない。

沈黙が続く。

息をするのも苦しいくらいの、重い沈黙に私の顔は歪《ゆが》んでいく。

「……怒ってます、よね？」

妻が卑屈な上目遣いを向けてくる。

その表情が、私をますます哀しくさせる。

酒に飲まれるのが玉に瑕《きず》とはいえ、普段の彼女は卑屈な上目遣いとは無縁の、誇り高いキャリアウーマンなのだ。気品あふれる淑女なのだ。

お願いだから、と私は心の内で哀願した。

そんな顔を自分に向けないでほしい――。

2

私がのちに妻となる希和子と知りあったのは、三年ほど前になる。

当時私は、自作パソコンなどを扱うマニアックなＰＣショップの店員として働いていて、職業柄、個人的にもパソコンの設置や修理について相談を受けることが多かった。

希和子もそのひとりである。

きっかけは、そのころ通っていた〈フロウ〉というバーのマスターから、来店を乞うメールがきたことだ。ひとまわり近く年上だがウマがあう人物で、行ってみるとこんなふうに話を切りだされた。

「いやね、穴井《あない》ちゃん。うちの常連さんで、今度独立して事務所を構える人がいるんだけどさ。パソコンのセッティングに往生してるみたいだから、手を貸してやってくれないかね。あなたの話をしたら、ぜひ紹介してって身を乗りだして頼まれちゃってさ。お金はそれなりに請求して大丈夫らしいんだけど、とにかく急いでいるっていう話でさ」

休日返上になってしまいそうだったが、私はふたつ返事で快諾した。

「その常連さん、すごい美人だから、眼の保養になると思うよ」

そんな話を、マスターがささやきかけてきたからではない。

私は当時、居心地《いごこち》のいい酒場でひとり静かに酒を飲むという大人の所作を身につけたばかりで、その店は生まれて初めて「常連」の称号を与えられたバーだった。だから見知らぬ美人さんのためというより、マスターのためにひと肌脱ごうと思ったのである。

一時間ほどして、希和子が店にやってきた。

重厚な木製の扉を押して、彼女が入ってきたときの光景を、私はいまでもよく覚えている。

季節は盛夏で、ひどく不快な熱帯夜だった。店に入ってくる男たちは例外なくノーネクタイで、バテた犬のような顔をしていたにもかかわらず、彼女は黒いタイトスーツ姿で登場した。長い黒髪をアップにまとめ、足元は磨きあげられた黒いハイヒール。見ようによっては季節感を無視した暑苦しい格好をしているのに、汗ひとつかいておらず、表情は涼やかで、カツカツとハイヒールを鳴らして店に入ってくると、一陣の冷風が吹きこんできたようだった。

「希和子ちゃん、こっちこっち」

マスターに手招きされ、希和子は私の隣の席に腰をおろした。噂《うわさ》に違《たが》わぬ美しさだった。マスターにはなにごとも話を大げさにする癖があるのだが、「すごい美人」という彼女への賛辞だけは、いささか物足りない気がした。絶世の美女、と私なら言ったかもしれない。

ただし、よく言えばクールで凛《りん》としているのだが、悪く言えば無愛想で高慢に見えたのも、また事実だった。なにしろ、ニコリともせず、挑むような眼を向けられた。なにかがおかしい、と私は思った。彼女は事務所のパソコンのセッティングで困っており、藁《わら》にもすがる思いで酒場の主《あるじ》に相談したのではなかったのか。マスターがパソコンに詳しい人間を知っていると答えると、「身を乗りだして」紹介してほしいと頼んだのでは……。

「はじめまして」

「どうも穴井です」

名刺を交換し、仕事を引き受ける旨を伝え、乾杯しながらも、私は緊張しっぱなしだった。

態度にいささか難があっても、彼女はやはり美しかった。ただ美人なだけではなく、背筋の伸びた姿勢のよさや、首や体の角度の付け方や、笑ったときの口角のあげ方まで、いちいち気品があり、肩を並べて飲んでいると、映画のスクリーンの中にでもまぎれこんでしまったような、不思議な感覚に陥った。絶世とはつまり、自分と同じ人種とは思えない、という意味である。

その二日後。

私は勤めていた店の定休日を利用して、彼女の事務所を訪ねた。住宅街の中にあるこぢんまりしたマンションの一室で、五十平米ほどの部屋に机が四つ並んでいた。

スターティングスタッフがたった三人の小さい会社なんですよ、と希和子は少し恥ずかしそうに言った。

そのときは、自分も作業を手伝うつもりだったのか、Tシャツにジーンズというラフなスタイルだった。飾り気がない格好だけに美貌とスタイルのよさはなおいっそう際立って、私はやはりひどく緊張しながら、三台のパソコンに必要なソフトを次々とインストールし、無線ＬＡＮなどもセッティングして、明日からでも仕事を開始できる状態にした。

午前十時から作業を始め、終わったのが午後五時過ぎ。

「喉が渇きませんか？」

と希和子に誘われ、駅前のアイリッシュパブで生ビールを飲んだ。私は無事作業を終えたという安堵《あんど》もあったし、もちろん喉も渇いていたので、いつもより早いペースで飲んでいたのだが、希和子はそれ以上だった。三十分ほどで生ビールを三杯飲み、ウイスキーのオン・ザ・ロックスに突入しても顔色を変えずグラスを傾けていた。

〈フロウ〉のマスターから酒豪であるという話を聞いていたので、それほど驚きはしなかったけれど、かなわないな、と思った。同い年なのに独立して事務所を構え、それもインテリアデザイナーというういかにも格好いい職業で、ルックスはとびきり、おまけに酒豪……。

「希和子さんってモテるでしょう?」

酔った勢いで、つい口をすべらせると、

「いえ、全然」

希和子はきっぱりと否定した。

「まったくモテませんよ、ええ、本当に、嘘《うそ》ではなく」

言いながら、珍しく笑った。彼女の笑顔を初めて見た。モテなくてもいっこうにかまわない、というふうにもとれたし、わたしと釣りあう男なんていると思います?というふうにもとれた。

つまらないことを言ってしまったなと、私は後悔し、恥じ入った。これほどの才色兼備となれば、モテるとかモテないとか、そんな次元の低い世界では生きていないのだろう。

しかし。

次の瞬間、耳を疑うような台詞《せりふ》が耳に飛びこんできた。

「穴井さん、もしよかったら口説いてください」

私の顔は火がついたように熱くなった。彼女がまだ笑っていたから、馬鹿にされたような気がしたのだ。なるほど彼女は美人だった。たたずまいにも気品がある。だが、それを鼻にかけて男を小馬鹿にしてくる態度は許せない。私はその日、休日返上で丸一日作業し、謝礼も断った。お世辞を言われる権利はあっても、馬鹿にされる謂《い》われはないはずだ。

とはいえ、酒場での軽口をまともに相手するのも大人げない。

「ハハッ、僕なんかが口説いても相手にしてくれないでしょう？」

鼻で笑って受け流そうとすると、

「どうしてですか？」

希和子が真顔で訊《たず》ねてきたので、私は本格的に不愉快になった。ムッとして押し黙り、早々に酒席を切りあげて店を出た。

二度と会うことはないだろうと思った。彼女と鉢合わせになるのが嫌で、〈フロウ〉からも足が遠のき、二週間ほどが過ぎた。

彼女からメールが入った。パソコンセッティングの不具合でも起きたのかと思ったが、飲みの誘いだった。

――おいしい焼き鳥屋さんを見つけたので、一緒にどうですか？

私は考えこんでしまった。

彼女とは、和気藹々《わきあいあい》と焼き鳥を頰張れるほど打ち解けた関係ではない。となると、デートの誘いなのだろうか。ますます考えこんでしまう。私の容姿は極めて地味で、よく言って十人並みだし、気の利いた会話ができるわけでもない。一流企業の社員証も、特技や生き様を讃《たた》えられた賞状も、なにもない。ついでに言えば金もないので、焼き鳥屋という選択肢は間違っていなかったが、用もないのにわざわざ会いたがる理由がわからない。

唯一、思いあたる節があるとすれば、前回アイリッシュパブで飲んだとき、別れ際がひどく気まずかったことだ。彼女なりに反省し、次回こそは失言もなく、事務所のパソコンを無償でセッティングしてくれた男を労《ねぎら》おうと、そんなことを考えたのかもしれない。

私は誘いを受けることにした。

彼女が指定してきたのは中目黒《なかめぐろ》にある洒落《しゃれ》た感じの店で、店名がフランス語だった。さすがにガード下にある脂じみた煙を全身に浴びなければならない店ではないだろうと思っていたが、焼き鳥屋にしては気取りすぎているし、客層も裕福そうな遊び人風情が多かった。私は店に入るなり場違いな気分に陥ったが、カウンター席に座っていた希和子を一秒で発見することができた。

ざっくりした焦げ茶色のワンピースでドレスダウンしていたにもかかわらず、おしゃれ自慢の男女が集まった店内で、ひどく目立っていた。彼女が座っている席にだけ、スポットライトがあたっているように華やかだった。

「どうも、お待たせしました」

「いま来たところです」

無愛想なのも相変わらずなら、酒を飲むペースが速いのもそうだった。

そして三十分ほど経《た》つと、

「穴井さん、どうしてわたしを口説いてこないの？」

例の男を小馬鹿にした笑みを浮かべて言ってくるのだった。

私は憮然《ぶぜん》とした。

どうやら彼女は反省もしていなければ、前回の失言を失言とも思っていないようだった。まるで隣に座って自分を口説かない男がいることが信じられないとでも言わんばかりの笑みを浮かべ、冷酒をぐいぐい飲んでいる。

その日も会話ははずまず、気まずい雰囲気で別れることになったのは、言うまでもない。

彼女が酒に飲まれるタイプであり、男に対して素直になれない不器用な女であると知ったのは、もっとずっとあとになってからだ。

3

つまり、私にとって希和子の最初の印象は、決していいものではなかった。むしろ、最悪だったと言っていい。

彼女にしても、私と酒を飲んで楽しんでいるとは、とても思えなかった。

そのくせ、月島《つきしま》に面白いもんじゃ焼き屋を発見しただの、池袋《いけぶくろ》に超絶美味な飲茶《ヤムチャ》専門店があるなどと、週に一度はメールを送ってくる。

私も私で、呼びだされるとそそくさと出かけていき、彼女と酒を酌み交わすのだからどうかしていた。

結果はいつも同じなのだから、よせばいいのにと自分でも思った。

しかし、当時の私は深刻な悩みを抱えていたのである。三十二歳になるのに、恋人がいなかった。大学時代には多少の恋愛沙汰もあったりしたのだが、社会人になってからは皆無で、彼女いない歴、十年オーバー。

そこまではまだいいとしても、気の置けない女友達ひとりいるわけでもなく、いい歳《とし》をしているくせに、プライヴェートでは異性に対して気後れまでする有様で、このままでは一生結婚できないかもしれないと焦りを覚えていた。

希和子と会うのはある意味、リハビリのようなものだったのだ。

女という生き物は、男にとって永遠に理解不能な存在なのかもしれない。しかし、理解できないなら理解できないなりに、コミュニケーションをとれなくては、一生女に縁がないままだ。

それならそれでかまわない、と開き直れるほど私は強い人間ではなかった。

生涯独身という未来に、恐怖を覚えずにはいられなかった。

ならばコミュニケーション能力を磨くしかなく、常に神経を逆撫《さかな》でする態度をとる希和子は、リハビリにうってつけの存在に思えた。相手は所詮、理解不能な生き物なのだ。細かいところに目くじらを立てるより、いいところを探そうと努力したほうがいい。これはハードルが高めのケーススタディであり、彼女にできれば誰にでも応用できるに違いない。そんな心境で、呼びだされるままにそそくさと出かけていったわけである。

希和子のいいところ……。

表面的にはたくさんあった。まずなにより、顔が文句なく美しい。造形が整っているだけではなく、華がある。手脚の長いモデル体型のくせに、出るところが出て、くびれるところがしっかりくびれた女らしいスタイルをしている。たたずまいは気品にあふれ、物腰は溜息《ためいき》が出るほどエレガント。声も素敵だ。雨に濡《ぬ》れた窓ガラスのようにキラキラして、うっとりするほど耳触りがいい。

とはいえ、内面となるとわからないことだらけで、頭を抱えるしかなかった。酒がまわるとかならず口にする、

「穴井さん、どうしてわたしを口説いてこないの？」

という台詞には、いつも辟易《へきえき》させられた。もちろん、顔には例の男を小馬鹿にした笑みを浮かべて。

私は私なりに努力し、憮然としないよう気持ちを抑えることができるようになったけれど、だからといって不愉快さまでは拭いされない。

「口説けば落ちるなら、口説きますけどね……」

溜息まじりに答えると、

「そんなの口説かれてみないとわからないですよ」

希和子は笑顔をひっこめて言った。

「じゃあ、いいです」

「いいってなにが?」

「負け戦は極力避ける方針なんですよ」

「負け戦になるかならないかなんて、戦い方次第でしょ?　勝つためにしか戦わないなんて、男らしくありませんよ」

不毛だった。

いくらリハビリのためとはいえ、こんなやりとりにいったいなんの意味があるのか、私にはわからなくなっていった。勘定は割り勘だったけれど、希和子の指定してくる店はそれなりに値の張るところばかりだったので、経済状態も逼迫《ひっぱく》させられた。不毛な酒席に無駄な時間と金を使っているくらいなら、いっそ腹を括《くく》って婚活パーティにでも参加したほうがましなのではないだろうかと、私は思いはじめた。

ある日の飲んだ帰り道のことだ。

「ここ、わたしの家なんです」

希和子が突然、私の腕を取って立ちどまった。駅に程近い住宅街にある、アパートの前だった。

「お茶でも飲んでいきませんか?」

「いや……」

私は戸惑った。戸惑うに決まっている。相手にその事実を伏せたまま自宅の前まで連れてきて、お茶でも飲んでいきませんかと誘うのは、普通、男がすることだ。送り狼《おおかみ》というやつである。

「大丈夫ですよ、襲ったりしませんから」

希和子の言動はどこまでも男のようで、戸惑う私の腕を引っ張り、アパートに入っていった。外観はごく普通の木造アパートなのに、部屋の中はまるで洒落たカフェだった。バリ島ふうというか、ヴェトナムふうというか、南国のリゾート地をイメージしたような雰囲気で、流れはじめたのもそれっぽい民族音楽なら、スタンドライトを多用した間接照明もムーディだった。

「どうぞ」

香りの強いハーブティを出されると、本当にどこかの店にお茶を飲みにきたような気分になった。ただ、問題がひとつあった。部屋には籐《とう》でできたソファがひとつだけ置かれていたのだが、ふたりで座るにはいささか狭かったのだ。

「……んしょ」

にもかかわらず、希和子は無理やり隙間に尻を入れてきた。体の横側がいまにも密着しそうだった。足元には竹製のラグが敷いてあったので、そちらに座ればよかったと後悔した。

希和子はその日、白地に赤いハイビスカス柄の入ったワンピースを着ていた。体のラインを露《あら》わにするぴったりしたデザインで、ミニ丈もきわどい、いままで見た中でいちばんセクシーな服だった。

にわかに息苦しくなってきた。

お互いに落ち着かず、座り直すたびに腕が触れあい、希和子の体温が伝わってきた。香水の匂いも漂ってくるし、呼吸する音も聞こえてきた。こちらの呼吸音も聞こえているのだろうか、と思った。ならばこの、胸を突き破りそうな鼓動の高まりも、耳に届いているのだろうか。

チラリと横眼で見た。希和子はうっとりした顔をしてた。音楽に聴き入っているようだった。いったいなんのつもりなのだろうと思った。みずから自宅に招いたのなら、少しは会話をはずませる努力でもしたらどうなのか。

いや……。

罠《わな》に嵌《は》められたのかもしれないと気づき、私の酔いは一瞬で覚めた。彼女はおそらく、何度飲みに誘っても口説かれずにいてプライドが傷ついたのだ。そこで、次の手を打ってきた。密室でふたりきりという状況でも痩《や》せ我慢していられるのかどうか、試そうとしているのではないだろうか。

私はべつに痩せ我慢をしていたわけではない。彼女に何度も言ったとおり、口説いても落ちるわけがないから口説かないだけなのだ。

誰がどう見ても、私と希和子では釣りあいがとれない。そんなことくらい、他ならぬ彼女自身がいちばんよくわかっているはずだ。なのに、口説かれなくては納得がいかない。好きだと言ってもらいたい。まったく、いったいどこまで傲慢《ごうまん》な女なのだろう。

私の心は諦観《ていかん》にまみれ、今日をもってこの退屈なゲームを終了させることにした。要するに、好きだと言ってやればいいのだろう。付き合ってほしいと、交際を申し込めばいいのだ。

彼女は断るに決まっているが、それで納得してくれるならそれでいい。嘘をつくのは不本意だが、しかたがない。リハビリだなんて、腹黒い思惑を抱いていたこちらにも非があるのだ。生涯独身が怖いなら、素直に婚活パーティに参加したり、結婚相談所を訪ねればいいのである。

「あのう……」

私は声が震えないように注意しながら言った。

「僕もいちおう男なんで、こんな状況にいると変な気分になってきちゃうんですけど……希和子さんみたいな綺麗な人とふたりきりでいると……」

希和子は澄ました顔のまま、一瞬だけ横眼をこちらに向けてきた。沈黙が訪れた。心地のいい音楽が流れているのに、叫び声をあげたくなるような重苦しい空気が部屋中に充満し、私の心は押しつぶされそうだった。

「す、好き……」

勇気を振りしぼって言った。

「好きなんです、希和子さんのこと……」

希和子は横顔を向けたまま、事もなげに言い放った。

「知ってます」

「初めて会ったとき、ああー、この人は絶対わたしのことを好きになるなって、そう思いましたから」

私の顔は熱くなった。はらわたが煮えくりかえり、全身の血が逆流していく気がした。こんな女は大嫌いだった。さっさとゲームを終了させ、自宅に帰って浴びるように酒が飲みたい。

「き、希和子さんはどうですか？」

「えっ？」

怖い顔で睨《にら》まれた。

「いや、その……こっちのことをどう思ってるのかって……」

「悪趣味ですね、女にそんなこと言わせようとするなんて」

視線と視線がぶつかった。私はさながら、蛇に見込まれた蛙《かえる》だった。次の瞬間、希和子が顔を近づけてきた。唇が唇に触れた。ほんの一瞬だが、たしかにそれはキスだった。

私は卒倒しそうになった。天地がひっくり返ったような衝撃に、言葉も出なければ体も動かず、頭の中が真っ白になってしまった。

希和子はまだ、こちらを睨んでいた。その顔には、これが答え、と書いてあるような気がした。言葉にするのは恥ずかしいから、行動で示してみました。ということは、つまり、彼女は……。

4

寝室に移動した。

その部屋もやはりアジアンテイストのインテリアで、ベッドの上に天蓋《てんがい》が吊《つ》ってあった。

扉を閉めると、希和子は私に近づいてきて、首の後ろに両手をまわした。息のかかる距離に顔があり、唇と唇が自然と重なった。口を開けば、お互いに舌を差しだし、からめあった。

私には現実感がなかった。なぜこんなことになってしまったのか、理由もよくわからない。けれどもこうなってしまった以上、行為を先に進めるしかない。キスを深めていきながら希和子のワンピースを脱がそうとすると、彼女もこちらのシャツのボタンをはずしはじめた。お互いがお互いの服を毟《むし》りとるようにして、下着姿になった。

黒いレースのランジェリーも妖《あや》しい希和子にうながされて、ベッドに横になった。キスを続けた。まだ現実感は戻ってこなかった。黒いブラジャーに施されたフェミニンな銀の刺繍《ししゅう》を、意味もなく凝視した。希和子の白い肌から漂ってくる匂いは、たまらなく甘かった。

舌をからめあいながらブラ越しに乳房を揉《も》みしだいたが、私の手つきはひどくぎこちなかったはずだ。彼女いない歴が十年オーバーなら、セックスをするのもそうなのである。欲望だけが空まわりしている感じで、下着も脱がさないまま甘い匂いのする彼女の体を、手当たり次第にまさぐった。

ピントのはずれた愛撫《あいぶ》に、希和子は焦《じ》れたのだろう。不意に身を躍らせると、私の上にまたがってきた。首筋や肩、乳首にまでキスの雨を降らせつつ、後退《あとずさ》っていった。

私は金縛りに遭ったように動けなかった。希和子がブリーフをめくりさげてきても、腰をあげて手伝うことすらできなかった。勃起はしていた。痛いくらいに硬くなった肉の棒が、唸《うな》りをあげて反り返った。希和子はブリーフをすっかり脱がせると、私の両脚の間に陣取り、釣りあげられたばかりの魚のように跳ねている男の器官を、まじまじと眺めてきた。

恥ずかしかった。

と同時に、言いようのない罪悪感が、胸をざわめかせた。寝室の照明は薄暗く、表情がぎりぎりうかがえるくらいだったが、希和子の瞳が輝いているのはよく見えた。その黒く美しい瞳に、欲望を露わにした自分の醜いペニスが映っているのが申し訳なかった。

そんな気持ちも知らぬげに、希和子は男根に指をからめてきた。私は動けなかったが、彼女も恥ずかしそうに顔をそむけた。ぼんやりとした薄闇の中で、白い双頬《そうきょう》が生々しいピンク色に染まっていくのが見えた。大胆なことをしていても、羞恥心は人一倍強いらしい。

手指が動きだした。恥ずかしそうに顔をそむけているくせに、希和子の手つきは大胆かつ繊細で、息を呑《の》むほどいやらしかった。すりすりとほんの数回しごかれただけで、私は身をよじり、男根の先端からは熱い粘液が噴きこぼれた。

顔をそむけつつ横眼で様子をうかがっていた希和子は、それを目敏《めざと》く発見し、男根に顔を近づけてきた。

やめてくれ、と私は胸の内で叫んだ。不浄なるわが欲望のエキスで、その美しい顔を穢《けが》したくない。

もちろん、心の声は届くはずもなく、希和子は薔薇《ばら》の花びらのような唇を男根の先端に押しつけ、チュッと吸った。

私はうめいた。吸われた瞬間、男根の芯が熱く疼《うず》き、その衝撃が体の芯まで響いてきた。

希和子は私の反応を上目遣いでうかがいながら、男根を口唇にずっぽりと咥《くわ》えこんでいった。

端整な美貌が、歪んだ。双頬をすぼめ、鼻の下を伸ばした顔が、たとえようもなく卑猥《ひわい》で、私の体は小刻みに震えだした。その体を、長い黒髪が撫でていた。希和子は髪をかきあげ、かきあげ、まるで舐《な》めている顔をわざと私に見せつけるようにして、唇を上下にスライドさせた。時折、上目遣いでじっとりとこちらを見つめてきた。一瞬笑っているように見えたが、もちろん笑っているわけではないだろう。

欲情しているのだ。

瞳がねっとりと濡れていた。薄闇の中なので、欲情の涙が蜂蜜のように濃厚に見えた。

私はまだ、動けなかった。希和子が男根をしゃぶりあげ、亀頭を舐めまわし、鈴口を舌先でチロチロと刺激してくるのを、呼吸も瞬《まばた》きも忘れて受けとめることしかできなかった。

やがて、希和子はブラジャーをはずした。カップの浅い悩殺的な黒いブラジャーからこぼれ出た白い乳房は、たっぷりと量感にあふれていた。たわわに実った肉の果実の先端で、小さな赤い花が咲いていた。乳首がついている位置が高いので、豊満にもかかわらずツンと上を向いて見える。

揉みしだきたかった。

押し倒して両手ですくいあげ、頬ずりしながらふたつの胸のふくらみと戯れたくてしようがなかったが、希和子がショーツを脱ぎはじめたのでできなかった。私同様、一糸纏《まと》わぬ丸裸になった希和子は、私の腰にまたがってきた。積極的というか、大胆というか、綺麗な顔に似合わないことをする女だった。片膝を立てて、男根の切っ先を濡れた花園に導いた。

男の腰の上で片膝を立てた格好が、私の眼にはひどくいやらしく見えた。折り目正しそうでありながら、やっていることは結合の準備なのだ。

「んんっ……」

希和子が腰を落としてくる。愛撫もしていないのに女の部分はよく濡れていた。男根をヌメヌメした肉ひだで包みこまれると、私の体はきつくこわばった。顔が燃えるように熱くなり、首に何本も筋を浮かべた。

「ああっ……」

希和子は最後まで腰を落としきると、きりきりと眉根を寄せて大きく息を吐きだし、立てていた片膝を前に倒した。

私の腰を両脚で挟む、騎乗位の体勢になった。三つ指をつくように両手を前に揃《そろ》えて、腰を使いはじめた。衝撃的な光景に眼を奪われている私の耳に、ずちゅっ、ぐちゅっ、と卑猥な肉ずれ音が届く。希和子が腰を振りたてるほどにその音は粘り気を増していき、肉と肉との密着感があがっていく。

興奮のあまり、私は正気を失いそうになった。

「ああっ、いいいっ……気持ちいいっ……」

希和子は美貌を淫らに蕩《とろ》けさせて、腰振りに熱をこめていく。結合部分が見たい、と私は思った。おのが男根が絶世の美女を貫いている光景を、この眼で拝んでみたくてしかたがない。

希和子が両手を前で揃えているのは、それを隠すためのようだった。正面からでは、結合部はおろか、黒い草むらさえよく見えない。

私は本能のまま、両手を前に突きだした。タップン、タップン、と揺れはずんでいる豊満な双乳を下からすくいあげ、したたかに指を食いこませた。汗ばんだ乳房の揉み心地は眩暈《めまい》を誘うほどで、なめらかな隆起が手のひらに吸いついてきた。乳

首までつまんでやれば、希和子の腰振りにはますます熱がこもっていき、

「ああんっ、ダメッ……ダメえええっ……」

鼻にかかった甘い声で言った。

「イッ、イッちゃうっ……わたし、イッちゃいそうっ……」

私にできることと言えば、左右の乳首をつまみながら、美貌をくしゃくしゃに歪めてよがり泣く彼女を、呆然《ぼうぜん》と見上げることくらいだった。

「……イッ、イクッ！」

希和子がにわかに動きをとめ、ガクガクと腰を震わせた。オルガスムスに達したようだった。二秒か三秒、全身をこわばらせていたかと思うと、大きく息を吐きだしながら上体を倒してきた。

私は抱きしめた。

ハアハアと息をはずませている希和子は、全身を熱く火照らせて汗にまみれ、途《と》轍《てつ》もなくいやらしい抱き心地がした。

おまけに、驚くほど強い力で私にしがみついてきた。オルガスムスの余韻を嚙《か》みしめているようだった。体中の痙攣《けいれん》がいつまでもとまらず、腰の動きをとめているのに長々とあえぎつづけていた。

5

それから半年後、私と希和子は結婚した。

希和子の仕事が多忙だったので、結婚式もハネムーンもなく入籍しただけだが、展開の速すぎるスピード婚に、まわりは度肝を抜かれたようだった。

もちろん、私と希和子の釣りあいのとれなさにも、腰を抜かしたことだろう。なにを隠そう、私自身がいちばん驚いていた。

彼女いない歴十年オーバーから一転、才色兼備な絶世の美女を娶《めと》ったのである。いったい何段階の飛び級になるのか、普通ならありえない夢のような話に違いない。

彼女に対するわだかまりは早々になくなっていた。

すべては誤解だったのだ。

知りあった当初、私は希和子の美しさに圧倒され、緊張しているばかりだったが、彼女はその時点ですでに、私との結婚を意識していたらしい。ひと目惚《ぼ》れしたというわけではない。そんなことがあり得ないことくらい、私自身がいちばんよくわかっている。そうではなく、この人とならうまくやっていけそうだと、直感が働いたらしいのだ。

そこで何度もデートに誘ってみたものの、私の態度はどこまでもつれなく、思いあまった彼女は、最後の賭けとして自宅に連れこんだというわけだ。

そんなうまい話があるわけがない、と事の顚末《てんまつ》を説明した友人・知人には、ひとりの例外もなく突っこまれた。

しかし、あるのだからしかたがない。

希和子は徹頭徹尾、ブレていなかった。ブレていたのは、むしろ私だ。彼女と体を重ね、わだかまりが解消されると、それまで抱いていた憎悪にも似た感情が、せつないほどの恋心に反転した。

もしかしたら、こちらこそひと目惚れだったのかもしれない。リハビリなんて自分に対する言い訳で、要するに彼女の美貌に惹《ひ》きつけられていただけなのではなかったのか。あたかも砂鉄が磁石に引き寄せられるように、私は希和子に魅了されていたのだ。会えば不愉快になるとわかっていても、会わずにはいられなかったのだ——歴史は常に、後から書きかえられる都合のいい物語なのである。

「でもさ、希和子さん……」

ひとつだけ、確認しておかなければならないことがあった。

「希和子さんが、『わたしのこと口説かないの』って訊いてくるとき、決まって笑ってたでしょう？　いつもはあんまり笑わないのに、そのときだけニヤニヤして。あの笑い方、なんだか馬鹿にされているみたいで嫌でしたよ」

「えっ……」

希和子はひどく哀しげな顔で答えた。

「馬鹿になんてするわけないです。だってわたし、自分からメールを送ってデートに誘ってたんですよ。たしかに……昔から笑顔は苦手なんだけど……」

もはや、皆まで言うなの世界だった。すべては、彼女の顔が整いすぎていることが原因なのだ。美しすぎるからそんなふうに見えただけなのである。付け加えるなら、こちらは容姿にコンプレックスがあるので、自分勝手に馬鹿にされていたと思っていただけであり、彼女にはまったく非のない話だった。

入籍を機に、私たちは陽当《ひあ》たりのいい平屋の一戸建てを借りて、一緒に暮らしはじめた。

新婚生活は順風満帆《じゅんぷうまんぱん》だった。

ひとつ問題があったとすれば、希和子が同居を始めるまで家事が苦手なことを黙っていたことがあげられる。ひとり暮らしのときは、インテリアにこだわるだけこだわって、食事はすべて外食を決めこみ、自宅は着替えてシャワーを浴びて寝るだけの空間だったらしい。

幸いと言うべきか、私は家事を苦にしない男だった。掃除も洗濯も料理もその後片付けでも、すべてみずから率先してやることにした。彼女のように美しい妻を娶れたのだから、それくらいは当然だと思った。彼女と一緒に暮らせることが、嬉《うれ》しくてしようがなかった。

「ごめんなさい。わたし、本当に情けない。女のくせになんにもできなくて……」

希和子はよくそう言ってしょげていたが、とんでもない話だった。絶世の美女に生ゴミを捨てさせたり、キッチンシンクのヌメリを落とさせたり、トイレの便器を磨かせたり、誰がそんなことを望むだろうか。

見目麗《みめうるわ》しき愛妻は、イタリア製の高級ソファに腰かけて、優雅に紅茶でも飲んでいればいいのである。

私は希和子に夢中だった。寝ても覚めても、彼女のことばかり考えていた。子供のころに好きだった野球チームやアイドルも、中高生時代に寝食を忘れてのめりこんでいたパソコンも、比べものにならなかった。

三十数年間の人生で、彼女ほど私を魅了した存在は他にない。通勤の電車の中や、仕事の休憩時間には、スマホにファイルしてある彼女の写真を眺めて過ごした。財布の中にはあたかもお守りのように、わざわざ紙焼きした彼女の写真が忍ばせてあった。

とはいえ、私は自惚《うぬぼ》れていなかった。

年齢的に結婚を真剣に考えはじめた希和子は、おそらくパートナーの条件をこんなふうに考えていたのではないだろうか。セックスを含め、生活全般において自分がイニシアチブを握れること。そしてできることなら、自分に尽くしてくれる男がいい……。

だから私と知りあって、この人とならうまくやっていけそうだという直感が働いたのである。

ならば尽くそうと思った。愛じゃなくても、恋じゃなくても、彼女のように美しい女と一緒に暮らせるだけで、私は充分に満足だった。一日の仕事を終えて帰宅したのち、疲れた体に鞭打《むちう》って何時間も家事に勤《いそ》しむのは、なかなか骨が折れる作業だったけれど、私はできるだけ丁寧に家中を掃除し、栄養のバランスを考えた食事を用意した。トイレットペーパーや歯磨き粉など、消耗品が切れていて希和子をがっかりさせるのがなによりも嫌だったので、買い物の鬼にもなった。

しかし。

順風満帆な生活は、長くは続かなかった。

結婚してから一年半後、私は体調不良で寝込むことが多くなった。

新しくやってきた店長と、反りが合わないことが原因だった。なにかにつけて私のやり方を否定してくる上司の存在に嫌気が差し、かといって簡単に転職を考えることができるほどフットワークの軽い人間でもなかったので、心身に疲労が蓄積していくばかりだった。やっかいなことに、医者に行っても悪いところが見つからず、そんなはずはないと食いさがると、心療内科に行ってみることを勧められた。

「ちょっといいですか？」

仕事から帰ってきた希和子が、寝室に顔をのぞかせた。その日も私は仕事を休んでおり、夜になっても寝込んだままだった。

「わたし、いろいろ考えてみたんですけど、そんなにつらいなら、会社を辞めてしまえばいいんじゃないでしょうか？　わたし、惣一郎《そういちろう》さんに病気になってほしくない。これはわたしのわがままですけど、転職していままで以上に忙しくなってしまうのも、ちょっと……だって、わたし、家事がなんにもできないから、惣一郎さんに頼りっぱなしでしょ？　とっても快適で、結婚してよかったたって心から思ってたんです。だから……だからってわけでもないんだけど、わたし、惣一郎さんひとりくらい養えると思うの。専業主夫になってもらったら、きっとうまくいくんじゃないかって……ごめんなさい。こんなこと、寝込んでいるときに話すべきじゃないですね。でも、考えてみてくれると、嬉しいな……」

希和子が寝室から出ていくと、私はひとりで少し泣いた。彼女のやさしさに涙したわけではない。自分が情けなくて、泣けてきたのだ。

男のくせに、いったいなにをやっているのだと。しっかりしろと。根性を見せろと……。

希和子が私に専業主夫を勧めてきた背景には、彼女の会社が順調に売上を伸ばしていることがあった。三人でスタートした会社がいまは正社員六人とアルバイトひとりにまで増え、住宅街のマンションの一室から青山《あおやま》のオフィスビルに移転していた。彼女の稼ぎがあれば、私ひとりどころか、居候が二、三人転がりこんできても、充分にやっていけるはずだった。

ただ、そのぶん仕事は多忙を極め、残業も多くなった。それまではさすがに自分でやっていた下着の洗濯や靴磨きまで私に任せるようになり、いつもすまなそうにしていた。手がつけられないほど泥酔状態で帰ってきて、玄関からベッドまで運んでやることもよくあった。

つまり、希和子にとって私の体調不良は渡りに船だったのだ。

専業主夫のいる生活って、素晴らしいのではないだろうか――それが彼女の偽らざる本心だったに違いない。

男であろうが女であろうが、仕事に対するプライオリティが高く、家事が苦手な人間にとって、帰宅する家が掃除の行き届いた快適な空間で、温かい食事や風呂の用意がされていたらどれだけありがたいか、想像に難くない。その一方で、私の家事の腕前は磨かれていくばかりだったし、愛する希和子のためなら下着の洗濯や靴磨きをすることに抵抗感はまったくなかった。

とはいえ、私にとっては渡りに船だったわけではない。

専業主夫になるには、いろいろなものを捨てる必要があった。

たとえば、仕事で得られる充実感だ。現在の店長と反りが合わないとはいえ、私は私なりに、パソコンショップの店員という仕事にやり甲斐《がい》を感じていた。いまにも泣きだしそうな顔で壊れたパソコンを持ちこんできたお客さんに、笑顔で礼を言われれば率直に嬉しかったし、大学を卒業してから十年間も働いていたので、店に対する愛着もあれば、同僚との結びつきも強かった。

それを捨てられるのだろうか……。

あるいは、世間体だ。

いくら男女平等が声高に唱えられていても、専業主夫が容易に受け入れられるほど日本は成熟した社会ではない。友達からは馬鹿にされそうだし、親や親戚縁者は呆《あき》れ返るに決まっている。

そしていちばん重要なのは、夫としての立場である。

いまでも私の稼ぎより希和子の稼ぎのほうがずっと多いけれど、生活費は折半だった。私に稼ぎがなくなれば、すべては妻の負担になる。本人が望むのだからそれはいいとしても、私はいままで自分のお金で妻にプレゼントを買ったり、外食をご馳走《ちそう》したりしていた。そういうことが、いっさいできなくなるのである。妻に貰《もら》った小遣いでプレゼントを買っても、喜ばれるとは思えない。

考えに考え、悩みに悩んだすえ、私はすべてを捨てることにした。

いくら考え、いくら悩んだところで、結論はいつも同じところに辿りついた。

私にとって、妻より大切なものはこの世に存在しないからだ。

愛する妻に尽くすだけの人生というのも、普通の人間ではなかなか歩むことができないユニークな道だと思った。

どうせなら、世界一の専業主夫を目指せばいい。

世界一の専業主夫をパートナーにしている希和子は、きっと世界一幸せな花嫁に違いないのだから……。

6

専業主夫になった私は、張りきって家事に取り組んだ。

もともと、これと決めたことには凝りに凝ってしまう性格だったので、毎日が大掃除をモットーに家中をピカピカに磨きあげ、洗剤や柔軟剤を吟味して洗濯のクオリティをアップさせ、いままで週に一度だったシーツやバスマットの交換を毎日するようになり、インターネットを駆使して料理のレパートリーを猛烈な勢いで増やしていった。

「なんだか自宅じゃなくてホテルに住んでるみたいですね」

希和子からそんな感嘆の言葉を引きだすのに、ひと月かからなかった。

最初こそそれなりに大変だったものの、すべてをルーティンワーク化してしまうと、作業時間はどんどん短くなっていった。

たいていのことが午前中で終わってしまい、夕方に買い物に出かけるまでなにもすることがなく、時間をもてあますようになった。

私は無趣味な人間だった。

強いてあげればネットサーフィンやネットゲーム、リラックスするのに酒は欠かせなかったが、真っ昼間からネトゲや酒に溺れるような、だらしない生活はできない。

運動不足を解消するため、近所を散歩することも考えたが、こちらも真っ昼間から大の大人がぶらぶらしていては、白眼視されるに決まっている。悪いことをしているわけではないが、私は専業主夫なんですと胸を張って言えるには、もう少し時間がかかりそうだった。

昼食を食べたあと、ぼんやりしていることが多くなった。

仕事と家事の両立で忙殺されていたときにはあり得ないことだったので、それはそれで貴重な時間かもしれないと思った。

ぼんやりしていて頭に浮かんでくるのは、希和子のことばかりだった。

最愛の妻、最高の伴侶、命より大切な宝物……。

専業主夫になってよかったことのひとつに、夫婦生活の充実があげられる。

私はそれほど夜が強くなかった。朝から晩まで働き、帰宅してから目いっぱい家事をしていたころは、週に一度も営めればいいほうだった。

希和子は貪欲なタイプであり、彼女から誘ってくることも少なくなかったのだが、応じられなかったことも多かった。まだ新婚と言ってもいい時期なのに、本当に悪いことをした。

それが専業主夫になってからは一転、希和子が疲れていたり、泥酔していない限り、夫婦生活は日課になった。

時間的な余裕ができたこと以外にも、夜が強くなった理由はある。

パソコンショップに勤めていたころは、さすがに仕事中まで妻のことを考えなかったけれど、自宅にいれば必然的に考えてしまう。ふたりの愛の巣を掃除し、ふたりで食べる食事をつくり、ふたりで眠るベッドを整えているのだから、頭の中は彼女のことでいっぱいだ。彼女が身につけているセクシーなランジェリーまで洗濯すれば、淫らな妄想が逞《たくま》しくなる。その状態で妻の帰宅を心待ちにしているのだから、毎日のように体を重ねずにはいられなかった。

希和子とするセックスは最高だった。

美人なのに大胆で、それでいて決して羞《は》じらいを忘れることがなく、男心をどこまでも揺さぶりたててくる。

たとえば希和子は騎乗位が好きだ。腰から下は、こちらが啞然とするほどいやらしい動きをしているのに、表情は羞じらいにまみれている。眉根を寄せ、眼の下を紅潮させ、顔をそむけていることすら珍しくない。

私はその様子を見上げながら、いても立ってもいられないくらい興奮する。感じれば感じるほど希和子は深く羞じらい、絶頂の直後は必死になって顔を隠す。たまらなくそそる。そそられずにはいられない。

まずい……。

気がつけば勃起していた。もちろん、自慰をすることはできない。夜になれば夫婦生活が待っているのに、自分で処理する馬鹿はいない。欲望を溜めこんでおいたほうが勃《た》ち具合もいいので、我慢するのは妻に対する気遣いでもある。

あわてて別のことをしようとした。

家の中を歩きまわってみたが、すでに掃除や洗濯は終了していたし、料理は買い出しに行ってからでなくては始められない。

ふと、納戸が眼にとまった。

そこに入っているのは、ほぼ希和子のものばかりなので、いっさい手をつけていなかった。使わないけれど捨てられない類いのものが、段ボールにつめこまれて眠っているのである。

インテリア関係の雑貨はオフィスに持っていったので、個人的なものだ。流行遅れの服や靴、かつての愛読書や愛聴したCD、友人の結婚式で貰った引き出物、そんな感じだろう。要するに、いつかは処分しなければならないが、いまはそのときではないと放置されているガラクタだ。平屋とはいえ戸建てなので、この家は広い。収納スペースは余っているくらいなので、納戸がひとつ塞がっていても、いっこうに差《さ》し支《つか》えない。

とはいえ、私は暇だった。妻のものを勝手に処分したり整理するわけにはいかないが、のぞいてみたくなった。彼女の蔵書に興味があった。本は人間の内面をつくりあげる。もしかしたら、十代、二十代のころに読んでいた小説でも見つかるのではないかと思うと、急に浮き足立った気分になった。

納戸の扉を開け、段ボールを引っぱりだした。私はそれを横一列に並べ、ひとつずつ見ていくことにした。最初の箱は服だった。二番目も三番目も服ばかりがぎっしりつめこまれていた。四番目と五番目が靴、六番目は重かったので期待したが、旧式のノートパソコンやオーディオコンポだった。七番目がまた服で、八番目にようやく本らしきものが出てきたが、書籍ではなくインテリア関係の雑誌だった。

私はがっかりした。

たしかに希和子が読書をしているところなど見たことがないが、思春期に影響を受けた本の一冊や二冊あるはずだろう。あるいは、そういう類いは実家にあるのかもしれない。彼女が生まれ育ったのは北海道で、上京してきたのは東京の女子大に進学してかららしい。

こうなったら、黴《かび》くさくなった古着の虫干しでもしてやろうかと思った。いっせいに並べれば壮観だろうし、いまとは違う好みの服でも見つければ、彼女の過去に思いを馳《は》せて、楽しい妄想に耽《ふけ》れるかもしれない。

ほとんど自棄《やけ》で服の入った箱に手を突っこむと、柔らかな布地とは違う感触がした。使いこまれたスケッチブックだった。流麗な墨筆で女が描かれていた。

デッサンというかデザイン画というか、ラフに描かれているのだが、引きこまれる絵だった。希和子が描いたのだろうか？　彼女には絵心がある。もちろん仕事で必要な技術なのだろうけれど、この部屋に引っ越してくるとき、色鉛筆で描かれたインテリアのイメージ画を見せられ、感嘆したものだ。

描かれた女は希和子に似ていた。眼がとくに似ているが、いまよりずっと若い。

二十代前半か、もしかしたら十代後半。

自画像は絵の練習に相応《ふさわ》しいものなのかもしれないが、スケッチブックをめくっているうちに、彼女が描いたものではないと確信した。

女の絵が裸婦になったからだ。

自分の裸を描く女なんているはずがない、と思ったわけではない。直感としか言いようがないが、女が描いた絵ではないと思ったのだ。自分の裸を描く視点と、女を描く男の視点には、おそらく決定的な違いがある。スケッチブックをめくっていくと、裸婦のポーズが次々と変わっていった。立ち姿、座った姿、四つん這《ば》い……この絵を描いた人間は、あきらかにモチーフである裸婦を愛《め》でている。眼福《がんぷく》が伝わってくる。興奮と言ってもいい。自分の裸を見て眼福を覚えたり、興奮したりする女は、たぶんいない。

私はスケッチブックを閉じ、キッチンに向かった。冷蔵庫からミネラルウォーターのボトルを出し、グラスに注いで飲んだ。

胸のざわめきが治まらなかった。

私はどうやら、パンドラの箱を開けてしまったらしい。

あのスケッチブックが、見てはならない秘密のなにかだという意味ではない。絵心のある男と恋愛関係にあるとき、裸婦のモデルを務めることくらい、なんでもないことだ。モラルの欠如した男にハメ撮りを強要されるのとはわけが違う。微笑《ほほえ》ましい青春のひとコマと言ってもいいだろう。

私にとってパンドラの箱は、希和子の過去そのものだ。正確に言えば、過去の男——それだけは絶対に知りたくなかったし、想像するのも嫌だった。

希和子は美人だった。

三十代半ばになったいまでも、街を歩けば男たちが振り返り、おしゃれな酒場でひとりだけ特別な光を放っている。十代のころは息を呑むような美少女だったに決まっているし、二十代のころの美しさにどれだけ破壊力があったのか、想像することさえ難しい。

男が放っておくはずがなかった。

クラスメイトや先輩後輩はもちろん、教師や教授、会社の上司や仕事関係の有力者といった大人たちまであまねく魅了し、数限りないアプローチを受けてきたに違いない。

希和子は決して口にしないが、彼女が華やかな恋愛遍歴の持ち主であることは、疑いようがなかった。彼女を責めているわけではない。自分がなにもしなくても、次から次に素敵な男が目の前に現れ、金と時間と知恵を使って全身全霊で口説いてくるのだから、面白くないわけがない。

十代のころ、ずっと年上の男に三つ星レストランに連れていかれれば、世界がひろがる。二十代のころ、地位のある男と不倫の関係に溺れれば、それはそれでたまらなく刺激的に違いない。

私は確信していた。そういう恋愛遍歴を経てきたからこそ、希和子は結婚相手に私のような男を選んだのだ。自分がイニシアチブを握りつつ、自分に尽くしてくれる男がよかったのだ。

そのことを考えるとき、私は彼女に選ばれた幸運に感謝するとともに、苦悶《くもん》に身をよじらずにはいられない。私との結婚を決めた希和子の心境は、つまりこういうことだろう。恋愛はもう充分に楽しんだから、あとは安定した暮らしがあればいい……。

彼女ほどの女が、私のような男を選んだ理由など他に考えられない。

そう、彼女はもう、恋愛を充分に楽しみ尽くしたのだ。

恋愛と言えば聞こえはいいが、セックスもそこに含まれる。彼女のベッドマナーには、ありとあらゆる刺激的なことをやり尽くし、一周まわってノーマルなところに落ち着いたという感がある。

……考えすぎだろうか？

私にはアブノーマルなセックスの経験がない。ＳＭもフェチも複数プレイも、インターネットで拾える無料動画の中でしか知らない。

希和子は知っている気がする。

アブノーマルな性癖があるというのではなく、さわりくらいはどれも経験しているような気がしてならないし、そこまでいかなくても、次から次に素敵な男が口説いてくるのだから、次から次に刺激的なセックスをしていたことは間違いない。

……考えないほうがいいような気がする。

そんなことはわかっている。真実を知れば傷つくだけだと自分に言い聞かせ、知る必要がないものは知らないままにしておこうとかたく決意して、私は希和子と結婚したのである。

だが、考えてしまう。

あのスケッチブックが、傷つきやすい私の魂を守っていた鎧《よろい》にヒビを入れてしまった。そこからよくない想念が悪霊のように忍びこんできて、根源的な恐怖を突きつけてくる。

私はやりまんと結婚したのだろうか？

胸底でつぶやいただけで、その場にうずくまりたくなった。

やりまん。

なんという薄汚い言葉なのだろうか。

愛する妻がそうであると確信したとき、人はどうやって自分を保っていられるのだろうか？

私にはわからない。

わかりたくないわけでない。

本当にわからない。

7

それ以来、私は静かな狂気に駆られるようになった。

納戸に入っていた段ボールの服をすべて洗濯し、シミがあるものはそれを抜き、ほつれがあるものはそれを繕《つくろ》い、きちんと畳んで段ボールに戻した。靴もすべてピカピカに磨きあげ、新しい除湿剤とともに小箱にしまってから段ボールに収めた。

なぜそんなことをしているのか、自分でもまったくわからなかった。衝動に突き動かされ、せずにはいられなかっただけだ。

納戸の中をきれいに整理すると、今度は妻の私物を物色するようになった。いくら家事をすべて任されている専業主夫とはいえ、触ってはいけない場所がある。触ってはいけないというか、触る必要もない場所だ。たとえば、アクセサリーボックス。あるいは、化粧品が入っているドレッサーの引き出しの中。そういうところをいちいち開けて、さすがに整理はしなかったが、ネックレスやピアスや香水のボトルをぼんやり眺めていた。

耳底では、いつも同じ台詞がリフレインされていた。

私はやりまんと結婚したのだろうか？

ほんの少し前まで、そう、あの裸婦が描かれたスケッチブックを見るまで、私はそんなことを考えたことがなかった。考えないように努力していたからだ。しかし、いったん考えてしまうと、忘れ去ることはもうできなかった。

あれほど美人なのだから、やりまんだっていいじゃないか。しかも過去の話なのだ。自分と出会う前の話だ。気にするほうがどうかしている――もうひとりの自分がしきりに言っていた。

正論に違いない。私たちはうまくやっている。淡々と過ぎていく日常生活の端々に、幸せの萌芽《ほうが》がいくつもあった。夫と妻の役割が世間とはあべこべだけれど、幸福な家庭のモデルケースとして、教科書に載せてもらってもおかしくないくらいだった。

だが、私の妻はやりまんなのだ。

その事実は、正論を凌駕《りょうが》して私を苦しめた。耐えがたい思いが理性を狂わせ、ついに私は、してはならないことをしてしまった。

妻のスマートフォンを見てしまったのである。

私は朝食をつくるために彼女より早く起きるから、チャンスはいくらでもあった。スクリーンロックの解除の仕方は、指の動きで覚えていた。

妻の行動に不信感を覚えたとか、浮気の兆候を察したとか、そういうことではない。妻の持ち物はなにもかも確認しなくてはいられない、言ってみれば一種病的な状態に、私は陥っていたのだった。

だから、あんなメールが見つかるとは、実は思ってもみなかった。

――今夜はありがとうございました。人生観が一変してしまいました。社長が言っていた通りですね。エッチは最高でした。蕩《とろ》けちゃいそうでした。もちろん、社長のような綺麗な人が相手をしてくれたからでしょうけど……。

後頭部を鈍器で殴られた気がした。

――今度はいつ会ってくれますか？

――社長のヌードが頭から離れません。

――今日も社長のことを思いだしてオナニーしてしまいました。

信じられなかった。

妻がやりまんというのは、あくまでの過去の話であり、現在進行形で浮気をされているとはさすがに想定外、あり得ない話だった。

私はショックのあまり放心状態に陥り、なんとか妻を仕事に送りだすことはできたものの、ひとりになると家事のルーティンワークを完全放棄して酒を飲みはじめた。次の結婚記念日にでも開けようと思っていた高級なスコッチを、ストレートのまま浴びるように呷《あお》った。

酒など飲むべきではなかった。妻が他の男に抱かれている妄想が次から次に頭の中に浮かんできて、悶《もだ》え苦しむ結果となった。眠ってしまおうとさらに飲めば、夢の中でまで妻は他の男に抱かれていた。

私は泣いた。悪夢にうなされて眼を覚ますと、吐き気を覚えてトイレに飛びこみ、嘔吐《おうと》しながらおいおいと泣きじゃくった。

すべては偽物だったのかもしれない、と思った。偽物だったのだ。妻は私のことを愛していない。それがわかっていて結婚したことが間違いだった。決定的なボタンの掛け違いだった。

だから、浮気される。妻はおそらく、私に対してなんの罪悪感もなく、他の男に抱かれたことだろう。愛していないからだ。愛していないから、そんなことができるのだ。


夜。

いつもより早めに帰宅した妻はひどく上機嫌で、

「夕食の準備しちゃった？　しちゃいましたよね？　でもわたし、今夜はどうしてもがっつりお肉が食べたくて、デパ地下でいいお肉買ってきちゃいました。ステーキにしません？　とっておきのワインを抜いて……」

言いながら、私に肉の入ったビニール袋を渡してきた。私はそれを冷蔵庫にしまい、

「話があります」

と切りだした。黙っていることは、とてもできそうになかった。問いつめた瞬間、いままでの幸福な生活は音をたてて瓦解《がかい》し、二度と元には戻らないだろう。そんなことはわかっていたが、黙っていては私の正気が保たれない。

「どうしたんですか？　怖い顔して……」

妻は微笑まじりに答えると、洗面所に手を洗いに行ってから、ターコイズブルーのソファに腰をおろした。私は木製の椅子に座る。

クライアントと打ち合わせがある日だったのだろう、妻は最初に〈フロウ〉で会ったときと同じ、黒いタイトスーツを着ていた。妻は他にもたくさんスーツをもっているから、なにか運命的なものを感じた。

「最初に謝ります……」

私は頭をさげたが、その態度は謝罪とは程遠いものだった。

「今朝、希和子さんのスマホを見ました。メールの履歴を……」

妻の顔色が変わった。

「浮気、してますね？」

妻は眼を泳がせた。頭のいい彼女だから、言い逃れる方法を探っていたのだろう。だが、無理だ。夫婦とはいえ、勝手にスマホを見るのは反則だ。それゆえに、決定的な証拠になる。

一分くらい、妻は沈黙を続けた。

私は待った。

時計が秒針を刻む音が聞こえた。リビングにあるのはデジタル時計だから、そんな音が聞こえてくるはずがなかった。私の中で鳴っているのだった。時限爆弾に仕掛けられた秒針の音が。

「……ごめんなさい」

妻は蒼白《そうはく》な顔で頭をさげた。

「浮気を……しているわけじゃないんです……一回だけ……一度きりのあやまちっていうか……」

全身から力が抜けていった。もう少し、抵抗されると思っていた。私との関係を大切に思っているなら、抵抗するに決まっている。みっともないほど往生際の悪い誤魔化し方をしたり、逆ギレしてスマホを勝手に見たことを責めたてたり……。

だが妻は、自分の罪を驚くほどあっさりと認めてしまった。

詳しい状況を訊ねると、会社でバイトしている大学生と飲んだ勢いでラブホテルに行ったことを白状した。どことなく、私と妻が結ばれたときのことを彷彿《ほうふつ》とさせる話だったので、私はよけいに哀しくなった。

終わりだった。

キッチンカウンターの上に置かれたデジタル時計は、午後八時十三分を表示していた。その時刻を覚えておこうと思った。刑事が逮捕の時刻を犯人に告げるように、あるいは、医師が臨終の時刻を家族に告げるように、私は私にその時刻を告げた。

「……怒ってます、よね？」

卑屈な上目遣いを向けてくる妻をリビングに残し、私は寝室に向かった。乱暴に服を脱ぎ捨ててベッドに飛びこみ、頭から布団を被《かぶ》った。

もちろん、眠れるわけがなかった。

明日からの生活を考えた。夫婦の関係が壊れてしまった以上、もう一緒には暮らせない。出ていくのなら、自分だろうと思った。どこにも行くあてはないけれど、出ていくしかない。出ていって、ひとりで住むための部屋を見つけ、食べていくための仕事を探すのだ。

専業主夫という仕事を、私は私なりに気に入っていた。天職かもしれない、と自惚れたことさえある。

だが、それをすることも二度とないだろう。

妻が希和子であればこそ、私は尽くそうとしたのである。男のプライドをはじめ、実にさまざまなものを捨て去って、女房役を引き受けたのである。

そんな女が二度と現れるとは思わない。現れるはずがない。命よりも大切だと思えるほど、深く愛する女が……。

ノックの音に続いて、妻が入ってくる気配がした。

私は涙の浮かんだ眼をあわててこすった。扉の方に背中を向け、じっと身をこわばらせた。

8

服を脱ぐ衣擦《きぬず》れ音が聞こえてきた。

布団がめくられた。ベッドに入ってきた。ダブルベッドなので寝るなら入ってくるしかないのだが、就寝時間にはまだ早すぎる。

後ろから妻がにじり寄ってくる。

私は逃れようとしたが、ベッドの縁まで追いつめられ、背中からそっと抱きしめられた。妻は下着姿だった。体温が伝わってくる。

「別れるとか……言わないですよね?」

私は黙っていた。

「わたし、反省してます……森野くんにはバイトを辞めてもらって、もう二度と会いません……」

「……勝手な話ですね」

たまらず言い返してしまう。

「自分からずっと年下の彼をホテルに誘っておいて、浮気がバレたらバイトを馘《くび》にする……森野くんが可哀相《かわいそう》です」

「そこは……きちんとします。次のバイト先を見つけてあげるとか……お金だって……」

会話が途切れた。沈黙が重苦しかった。背中に妻の体温を感じている。鼻に馴染《なじ》んだ甘い匂いも漂ってくる。

息が苦しい。

「……リビングで寝ます」

起きあがろうとすると、しがみつかれた。逃がさないという強い意志が伝わってくる、なりふりかまわないしがみつき方だった。

「許してください……」

絞りだすような悲痛な声で、妻が言った。

「こんなこと言える立場じゃないですけど、惣一郎さんを失いたくない……」

私は答えられない。許すという選択肢があるのかどうかさえ、よくわからない。

世間一般でよく耳にするのは、妻が夫の浮気を許すという話だ。子供に悪影響を及ぼすとか、経済的に自立できないという理由で、離婚を回避するために許すのだ。

私たちには子供はいないし、自分ひとりだけならどうやったって食べていける。許すための理由が見当たらない。

「希和子さんは……」

振り返って言った。

「僕のことを愛していないでしょう?」

妻はハッと息を呑んだ。歪んだ両眼で私を見つめた。その瞳がみるみる潤んでいき、やがて大粒の涙を流しはじめた。

「どうして……どうしてそんなこと言うんですか?」

私は狼狽《うろた》えた。妻が泣くところを初めて見たからだ。私たち夫婦には、そういうシリアスな場面を迎えた経験がなかった。

これはこたえた。美しい妻が涙を流している。嗚咽《おえつ》をもらしながら、悲嘆に暮れている。理由がなんであれ、そんなことは許されない。彼女を哀しませ、泣かせているのが私なら、私は私を許せない。

妻が体を起こし、ベッドの上で正座した。私も正座した。下着はペパーミントグリーンと黒のコンビカラーだった。よれよれのTシャツにブリーフという格好が情けなかったが、そんなことを言っている場合ではない。

「浮気をして……」

妻が嗚咽まじりの声で言う。

「穢《けが》れてしまったわたしのことなんて、もう抱きたくないですか？」

私は答えられない。ペパーミントグリーンと黒の下着は最近買い求めたばかりの新品で、それに包まれた妻の体はどこまでも白く輝いている。穢れている様子など、どこにもない。

「抱けないなら……」

妻が挑むような眼を向けてくる。

「抱けないなら……殺してください」

「そんな……大げさな……」

私は困惑のあまり苦笑した。

「大げさじゃありません。不貞を犯した妻なんて、殺されて当然です」

妻の真剣な面持ちはどこか芝居がかっていた。けれども彼女は類《たぐ》い稀《まれ》なる美貌の持ち主で、その眼から涙さえ流している。嘘でも演技でも説得力があるのだ。私は次第に、彼女のペースに巻きこまれていった。

「殺せないなら、奴隷にしてください……」

妻は震える手指を背中にまわし、ブラジャーのホックをはずした。ショーツも脱ぎ、全裸になってあたらめて正座する。

私は眼をそむけた。白く輝く妻の裸身は、薄闇の中でさえまぶしかった。たわわに実った乳房からは女らしい甘い匂いが、黒い茂みからは獣じみた芳香が漂ってくるようだった。

「ねえ、惣一郎さん……わたし……わたし、あなたの奴隷になります。家の中で、犬みたいに裸ですごします。いつも足蹴《あしげ》にしてもらってかまいません。それで……それで浮気された恨みを晴らしてもらえるなら……」

私は答えられない。答えられるわけがない。妻が奴隷になるなんて、そんな生活は想像もつかない。私は妻の奴隷でいい。足蹴にされてもかまわない。おまえがしっかりわたしを繋ぎとめておかないから浮気をしたのだと、逆ギレされたほうがよほどましだ。

「そ、それはつまり……」

　恥ずかしいほどうわずった声で言った。

「こ、殺されてもしかたないって思えるほど、後悔してるってことですね?」

　妻がうなずく。顎を引いた瞬間、大粒の涙が頬を伝う。

「ち、誓えるのかい?」

　私の声はどこまでも弱々しかった。

「二度と……こんなことは……しないって……」

「二度としませんっ！　誓います……誓いますから……」

　妻は間髪容《い》れずに答え、身を寄せてきた。息のかかる距離まで顔が近づいてくる。
私は動けない。こわばりきった顔に冷や汗が流れていく。

「許して、惣一郎さん」

　涙眼ですがるように見つめられる。私も泣きたくなってくる。許さなかったらどうなるのか、考えると戦慄がこみあげてきた。彼女を失った人生に、意味を見いだせる気がしない。この家を出ていった瞬間、なにもかも嫌になって、首を括ってしまいそうな自分が怖い。

「もし……」

私はこわばった声で言った。

「もし次に浮気をしたら……一緒に死んでもらえますか？」

妻がうなずく。何度も何度も首を振ってうなずくその姿は、ちぎれそうなくらい尻尾《しっぽ》を振っている犬のようだった。そんな彼女の姿を、私は見たくなかった。見ないためには、抱きしめるしかなかった。

「惣一郎さんっ！」

妻も抱きついてくる。声をあげて泣きじゃくる。私はまた、現実感を失った。腕の中にいるのは、たしかに妻だった。裸の妻だ。抱き慣れているはずなのに、抱き心地が違う。この体が、浮気をして穢れてしまったからではない。感じていたのは、新鮮さだった。初々しさと言ってもいい。

一度は別れを決意し、この体を手放すことを覚悟したからかもしれない。本当は手放すことなどできやしないのに、嘘でもそう覚悟したことで、抱き心地が新鮮になったのだ。私が抱きしめているのは、妻の体ではなく、私自身の恋心なのかもしれない。

私の恋は一度死に、再び蘇《よみがえ》った。再生の歓喜が、全身を熱くした。泣きじゃくっている妻にキスをすると、妻はますます泣きじゃくった。私はキスを続けた。妻の顔は涙にまみれ、しょっぱい味がしたけれど、これほど甘美なキスを、私は生まれて初めて経験した。

第二章　二番目の浮気

1

時間というのはありがたいものだと、最近つくづく思う。

新婚三年目に発生した妻の浮気事件は、お互いの心を深く傷つけたけれど、季節が秋から冬になり、春が近づいてくるころには、どことなくぎくしゃくしていた家の中の空気も緩和されていった。

春はいい。

凍《い》てつく寒さの中、モノクロームだった風景に緑が芽生え、原色の花が咲き、蝶《ちょう》が舞う。いったん死に絶えたものが、再び生気を取り戻して大地に息づく様子を見ていると、気分があがってくる。洗濯を日課にしている専業主夫にとってにわか雨は大敵だが、降る度に気温があがっていくこの時期の雨だけは嫌いではない。やがて雷鳴が轟《とどろ》き、冬の名残《なごり》も一掃されるだろう。

私は穏やかな日々を送っていた。

努めてそうしていたわけだが、このごろは自然に振る舞っていても、心が掻《か》き乱されることはあまりない。

傷は癒えつつあった。

あれほど苦しめられた妻の浮気さえ、いまではあってよかったような気がしている。いまがよければ過去はすべてよく見える、というほど単純な話ではない。私たち夫婦は、それまで妻の意思によって動いていた。私に意思がなかったわけではない。妻に心地《ここち》よく生活してもらうことこそ、私の希求する第一のものだったから、衝突することなどあり得なかったのである。

しかしもちろん、浮気となると話は違ってくる。私は別れを決意し、妻は涙ながらにすがりついてきた。妻ほどの器量があれば、たとえバツイチになったところで、男のひとりやふたりすぐに見つかるに違いない。私のように滅私《めっし》の精神で妻に尽くす男であろうが、容姿に長《た》けた男だろうが、唸《うな》るほど金をもっている男だろうが、選《よ》り取り見取りなはずである。

にもかかわらず、妻に別れを拒まれたことが、私は嬉《うれ》しかった。直後は混乱していたけれど、時間が経《た》つにつれてその事実はじわじわと私の心を温め、揺るぎない幸福感となっていった。

報われた、と思ったのだ。愛が報われた。一心に妻を愛していた私の気持ちが、妻に通じたのである。

そうでなければ、彼女だって別れを受け入れたはずだ。一度限りのあやまちとはいえ、浮気を見つかってしまった夫と夫婦関係を続けていくのは、生半可ではない。ある意味、浮気を許すほうがよほど簡単かもしれず、妻は決してそんな素振りは見せなかったけれど、この半年間ほど、罪悪感と自己嫌悪にチクチク胸を突かれていたに違いないのである。

かえって申し訳ない、とまではさすがに思わなかったが、そんな妻が愛《いと》おしかった。泣いて別れを拒んだ姿を思いだすたびに、ああ見えて健気《けなげ》なところがあるのだな、と私の頬は緩んだ。

春風が吹く窓の外の景色を、まぶしげに眼を細めて眺めた。これから二年、三年と時が過ぎていくうちに、あの浮気事件はすっかり存在感を薄め、十年も経てば笑い話になっているに違いない。そうあってほしいという希望が、近ごろは確信に変わってきている。

私たちの家でホームパーティが開かれることになったのは、そんなある日のことだった。

妻も私も自宅に客を招くのを好まなかったので、それは珍しいことだった。結婚したときでさえ、遠方に住むお互いの両親を泊めたのは都心のホテルで、そこで顔合わせの食事会を行った。業者の人間を別にすれば、この家に他人がやってきたことはまだ一度もないのである。

招待したのは妻の女子大時代の友人が四人。なんでも、今夏に十年ぶりの同窓会を企画しているとかで、その打ち合わせを兼ねて、結婚の報告、新居の披露をすることになったらしい。

夫が専業主夫であることは伝わっているようだったから、私ははりきってローストビーフだの生ハムのサラダだのカルパッチョだのをつくり、ピザまで焼く準備を整えて来客を待った。

類は友を呼ぶというのか、祝いの品を持っていそいそとやってきた友人たちを見て、私は内心でかなり驚いていた。いずれ劣らぬ美人揃《ぞろ》いだった。むろん、私の妻が頭ひとつ抜けだしているのは言うまでもないが、世間的に見れば相当に容姿のランクは高いほうだろう。普段は穏やかな家の中が、急に春の花畑になったような気がして、今日は楽しいパーティになりそうだと、私は胸の高鳴りを抑えきれなかった。

ところが、そんなときに限って、妻がなかなか帰ってこなかった。

その日は土曜日で、二、三時間もあれば片付くはずと言い残してお昼ごろ出ていったのに、約束の午後五時を三十分過ぎても帰宅せず、いつ戻れるかわからなくなったから、先にパーティを始めておいてほしいというメールが届いた。

「すいません。希和子さん、仕事を抜けられなくなっちゃったみたいで……」

私は待ちくたびれた客人たちに詫《わ》びを言い、シャンパンを酌してまわった。料理の評判はとてもよく、シャンパンをワインに変えて酒宴は大いに盛りあがったけれど、午後九時近くになってもいっこうに妻が帰ってくる気配がないので、私は内心で青ざめていた。

「もう、今日は同窓会の打ち合わせはいいね」

「メインの希和子がいないんじゃ、話が進まないもの」

「また集まればいいじゃない。わたし、ご主人のお料理すっかり気にいっちゃった」

「羨ましいわよねえ、専業主夫がいる生活」

それもまた、類は友を呼ぶということになるのだろうか、客人たちは酒豪揃いで、すでにワインを五本空けているのに、まだまだ飲みそうだった。ウイスキーやジンなど、ハードリカーのリクエストがあれば、私はそれを出した。午後十時を過ぎても妻からメール一本届かないという状況になると、私も自棄《やけ》になって飲みはじめた。客人たちは相当へべれけになっており、呂律《ろれつ》のまわっていない人までいた。

「学生時の希和子さんって、どんな感じだったんですか？」

この際だと思って、私はそっと訊《たず》ねてみた。

「そりゃあ、あのルックスですもの、モテモテに決まってますよ」

ひとりが言えば、

「すごかったよね、もう」

全員がグラス片手にうなずいた。

「あの子、恥ずかしがってミスキャンパスとか出なかったけど……」

「出たら、優勝確実って言われてたんだから」

「うちのミスキャンパス、いま女子アナなのに」

「泣く子も黙る美人のくせに、裏方指向っていうのがまた格好いいんだけど。当時から、インテリアのデザイン事務所に出入りしてたし」

「か、彼氏とかは……」

恐るおそる訊ねると、

「いたいた」

全員が手を叩《たた》いて笑った。

「レストランチェーンやってる青年実業家でしょう、外資系証券会社のパワーエリートでしょう……」

「大学教授とも付き合ってたんじゃなかったっけ？　うちの学校じゃないけど」

「あった、あった」

「とにかく大人の男が好きだったのよね、彼女。いかにも仕事ができますって感じの。もちろんお金だってもってますってタイプ」

酔いがだいぶ口を軽くしているようだった。彼女たちにとっては懐かしい昔話でも、私の心には言葉が釣針のように引っかかり、よけいなことを訊ねてしまったと後悔した。

「けっこう早かったよね、男を変えるタイミングが」

「まあ、あれだけモテれば……」

「それにしても派手だったんじゃないかなあ。遊んでるってふうでもないのに、絶対二股とかかけてた時期もあったよ」

「わたしは三股をかけてたに十万ペソ！」

「出た、希和子やりまん説！」

わっと盛りあがったのは一瞬のことで、次の瞬間、全員が口をつくんで気まずげに眼を泳がせた。

もちろん、私の存在に気づいたからである。

「じょ、冗談ですよ……」

「それくらいモテてたって意味ですから」

「本気にしないでくださいね」

彼女たちは口々にフォローしてきたが、私の顔はひきつりきっていた。笑顔をつくろうとしても、つくれなかったくらいだったので、場は一気に白けたムードに包まれてしまった。

結局、パーティはそのままお開きになった。妻が帰ってきたのは、終電の時間がとっくに過ぎてからだった。

2

ふさがりかけていた傷が、再びぱっくり開いてしまった。

ホームパーティにやってきた妻の同級生たちは、悪い人たちではなかった。それがよけいに、私の古傷を容赦なく痛めつけ、血をしたたらせることになった。

私の妻はやりまんらしい。

かつては妄想に近い疑惑だったけれど、証言者が現れたからには、それは現実に違いない。

私の妻はやりまん……。

綺麗な顔をして、男好き……つまり、セックスが大好き……。

なにが悪い！　とひとり虚勢を張ってみる。綺麗な顔をしてセックスが大好きな妻を、私は愛していた。いくら美人であったとしても、愛撫《あいぶ》にまったく反応しないマグロじみた女を、これほど深く愛せるわけがない。

ならばそれでいいではないか。どんな人間だって、過去があって現在がある。モテモテで男を取っ替え引っ替えの時期があったからこそ、いまの妻は魅力的なのだと考えればいい。

頑張ろうと思った。

そう思いこんで、いまをときめく生き方をしようと決意した。過去が影のように追いかけてきても、いまが輝いていれば気にならない。精いっぱい妻と仲良くして、妻を愛すればいいのだ。

しかし、そんな悲壮な決意を固めても、なかなか妻とのんびりした時間を過ごすことができなかった。

春が近づいてきてから妻の仕事は急に忙しくなりはじめ、毎晩の帰りは終電近くになり、夕食を一緒にとることもなくなった。それどころか、土日の休日もどちらかは出勤しており、そうなるともう一日の休みは、終日ぐったりしていて好きな酒を飲む元気もないほどなのである。

「ごめんなさいね。ちょっといま、眼がまわるほど忙しくて……だからといって儲《もう》からないのがつらいところ……薄利多売の悪循環に陥っているんです……」

一度だけ、ポツリとそんな愚痴をこぼしたことがある。

私はなにも言えなかった。インテリアデザイナーとして青山にオフィスを構えていると言えば聞こえはいいが、要は零細企業の経営者なのだ。いいときもあれば悪いときもあり、暇なときもあれば忙しいときがあるのは当然の話で、不況の嵐が吹き荒れるこのご時世を、社員を路頭に迷わせないよう懸命に働いているのである。

おまけに妻には、私という扶養家族までいる。頑張って、などと気安く声をかけることすら憚《はばか》られ、黙って仕事が一段落するのを待つしかなかった。

とはいえ、仕事が多忙を極めるほど、妻が無口になっていくのはつらかった。私にしても、なるべく負担をかけないよう、できる限り笑顔で接しているにもかかわらず、返ってくるのは生返事ばかりで、時にきっぱりと無視されることもある。手の込んだ食事をつくっても、食欲がないと言われる。以前は掃除や洗濯について賞賛の言葉をかけてくれていたのに、いつの間にかそれもなくなった。

淋《さび》しかった。

以前は日課のように営んでいた夫婦生活もすっかりなくなり、私は毎日自慰をするようになっていた。かつてはソロ活動の無駄撃ちで精力を減退させないことが妻に対する気遣いだったが、いまでは疲れ果てている妻にセックスを求めないことが気遣いになっていた。

思えば、浮気発覚直後は、お互いに激しく求めあっていたものだ。浮気でできた亀裂を埋め、愛しあっていることを確認するために、閨房《けいぼう》が紅蓮《ぐれん》の炎に包まれているかのごとき勢いで燃え盛っていたというのに……。

　せつなかった。

　それでも、いつかは元の幸せな日々が戻ってくると信じているうちは耐えられたが、ある日、おかしなことに気づいてしまった。

　スマートフォンだ。

　私は以前、それを盗み見て、妻の浮気の証拠をつかんだ。逆に言えば、簡単にそれを盗み見ることができるくらい、妻はスマホをいい加減に管理していたと言っていい。

　たいていはリビングのテーブルに置きっぱなしだったのに、最近ではそれが見当たらない。一度バッグの中をのぞいてみたのだがそこにもなく、ということはつまり、私に盗み見られないように隠しているのだ。

　もちろん……。

　一度痛い目に遭っているのだから、隠したくなる気持ちはわかる。現代社会ではスマホほど個人情報がつまっている持ち物はなく、それを見られたくない気持ちは、三十年前の日記帳に匹敵するか、それ以上だろう。

　しかし、だ。

やましいことがなにもないならば、べつにいままで通りの杜撰《ずさん》な管理でもかまわないのではないだろうか。どこに隠しているのか知らないが、ただでさえ忙しいときによけいな仕事を増やすくらいなら、堂々とリビングのテーブルに置きっぱなしにしておけばいいのである。

おまけに妻は、スマホの設定をスクリーンロックから暗証番号に変えた。スクリーンロックなら横眼で指の動きを見ているだけで解除の仕方をうかがい知ることができるが、暗証番号となるとそれも難しい。本気で解読しようとすればできるような気がしなくもないが、妻は私が横眼でのぞきこめない位置で暗証番号を打ちこむ癖をつけたようだ。

なぜ、そんなことをするのだろうか?

一度疑惑が頭をもたげてくると、終始落ち着かない気分になってしまうのは、私の悪い癖だった。

べつに他意はないのかもしれない。

やましいことはなにもないが、かといって勝手にスマホを盗み見られるのはたまらない——ただそれだけの理由なのかもしれない。

だが、あやしい。

あやしすぎる。

あれだけ多忙な日々を送っていれば、浮気をしている時間などないかもしれない。毎晩疲れきった顔で帰宅する妻を見ていれば、それは断言できる。しかし、酔った勢いでラブホテルに行き、他の男と体を重ねあわせるようなことはなくても、精神的な浮気はあり得るのではないだろうか。

たとえば、昔の男である。

学生時代の友人たちによれば、若き日の妻はかなり発展家で、付き合った男の数も多いらしい。それも社会的成功者ばかりのようだから、仕事を得るために耐えがたきを耐えて頭をさげるという局面だって考えられる。

三十代半ばになっても美しさを保ち、それどころか若いころにはなかったはずの濃密な色香さえ漂わせている妻の姿に、相手の男は眼を見張るだろう。付き合いを復活させたいとまでは考えなくとも、あわよくば焼けぼっくいに火をつけて、ひと晩くらいベッドをともにしたいと思うに決まっている。

もちろん、そんな誘惑に乗る妻ではないだろう。なにしろ次に浮気をしたら、一緒に死ぬのだ。心中《しんじゅう》の約束までしているのだから、そう簡単に尻の軽さを発揮するわけにはいかない。

それでも、一度は愛しあった仲だ。メールのやりとりをしていれば、心がほどけてくる。昔話はやがてメイクラブの記憶に及び、妻にしてもそういった話題は嫌いではないから、盛りあがってしまっているのではないか。

——あのときのキミは素敵だった。乱れ方があられもなくてね。

——場所がよかったのよ。潮騒《しおさい》の聞こえる海辺のプチホテル。

——キミが一緒だと、湘南がコートダジュールにも思えたな。

——行ってみたいな、本物のコートダジュール。

——そのうち行こう。人間、その気になればできないことなんてなにもないんだ。

——変わってないのね。あのころの口癖と一緒。わたし、人妻なのに。

——僕にだってパートナーはいるさ。でもね、結婚は婚外恋愛を楽しむためにする、って考え方だってあるんだよ。

許せなかった。

正式な夫である私がろくに口もきいてもらえないというのに、たとえメールのやりとりとはいえ、他の男とそんなふうに盛りあがっていいはずがない。

3

私は考えた。

どうすれば妻の精神的浮気をやめさせることができるのか、必死になって知恵を絞った。

いちばん簡単な方法は、前回のようにスマートフォンを盗み見て動かぬ証拠を突きつけることだろう。妻が寝ている間に家中を探索すれば、あるいはそれも可能かもしれない。

しかし、どうにも気が進まなかった。肉体的な浮気なら有効なやり方でも、今回はそうではない。ただでさえ妻は疲れている。そんなときにメールのやりとりくらいで夫に目くじらを立てられれば、疲れは倍増、うんざりされるだけに決まっているし、下手《へた》をすれば、器の小さい男だと幻滅されるかもしれない。

私は妻に幻滅されたくなかった。

逆に尊敬されたいのだ。頼れる男だと思われたい。昔の男とメールをするより、夫とおしゃべりしているほうがよほどストレス解消になると……。

そのためにはどうすればいいか？

考えに考えた結果、妻のオフィスに差し入れをすることにした。近くまで来たからついでに寄ってみたんだ、と軽やかな笑顔で言い放ち、手土産《てみやげ》に高価なスイーツでも持っていけばいい。

妻の会社のスタッフは女ばかりだから、スイーツの差し入れは喜ばれるに違いない。私はそれを渡すと、邪魔しちゃ悪いから、と言って早々に引きあげる。女たちはスイーツに舌鼓を打ちながら、私の噂《うわさ》をするはずだ。

「いい旦那さんじゃないですか」

「ホント、気が利く」

「専業主夫なんですよね」

「いいなー、でも社長がこんなに忙しいんじゃ、淋しい思いをしてるんじゃないですか」

「そうですよ、たまには早く帰ってあげてください。仕事はわたしたちに任せてもらっていいですから」

さすがにここまで都合のいい展開にはならないかもしれないが、女という生き物は、主婦の取り扱われ方に敏感だ。私は主夫だが立場は一緒である。いずれ自分が家庭に入ったとき、夫に放っておかれることに対して潜在的な不安があるのだ。仕事に手を抜く愛妻家と、仕事のために家庭を犠牲にする男では、前者の肩をもつ傾向があると言っていい。たとえ、仕事より家庭を優先する上司のおかげで、自分が割りを食ってしまってもだ。

その心理をついて外堀を埋めようというのが、私の作戦だった。社内の女性スタッフに私の存在を印象づけることで、妻に気を遣わせるのだ。早く帰ったほうがいいと進言させるのである。最初は相手にしなくても、何度も言われていれば、妻だってたまには早く帰ろうという気になるかもしれない。夫婦すれ違いの生活を反省し、せめて家にいるときくらいは、生返事や無視はやめようと心をあらためてくれる可能性だってある。

私は作戦を実行に移した。

妻のオフィスのある青山は、都内屈指のおしゃれタウンで、道行く人もファッショナブルなら、行き交うクルマも煌《きら》びやかな外車ばかりという、私にとって完全なるアウェイだった。苦手を通り越して圧倒され、なるべく目立たないよう背中を丸めてコソコソ歩いていたのだが、それはそれで不審者と間違われそうで、なんだか情けなくなってくる。

とはいえ、準備は万端だった。女子に人気のスイーツをネットで調べ、生フルーツゼリーやらカップケーキやら濃厚プリンやらを仕込んできた。種類を揃えたのは、もちろん好き嫌いを配慮してのことである。

時刻は午後五時過ぎ。ああ今夜もまた残業かと、どんよりした気分になっているスタッフたちに、スイーツの差し入れはさぞかし効果があることだろう。

背中を丸めてコソコソ歩きながら、頬を緩めてニヤニヤするというわけのわからない状態に陥っていた私は、道に迷った。そもそも土地勘がないうえ、妻のオフィスは大通りからはずれた路地裏にあるようなので、スマホのナビを見ていてもひどくわかりづらい。

骨董《こっとう》通りを行ったり来たりしているうちに、反対車線側の歩道に意識を奪われた。妻だった。

レモンイエローのスプリングコートをなびかせて颯爽《さっそう》と歩く姿が、おしゃれな街並みにマッチしていた。私は一瞬あわてたけれど、彼女についていけばオフィスに辿《たど》りつけるはずだと思い直した。しかし、彼女の向かった先は地下鉄の駅、オフィスに戻るところではなく、出てきたところだったのだ。

気がつけば、彼女のあとを追って地下鉄に乗りこんでいた。手にはスイーツがたんまり入った紙袋をぶらさげて。

自分はいったいなにをやっているのだろうと思った。

とはいえ、妻の不在中にオフィスを訪ねても、私の目論見《もくろみ》はうまくいかないだろう。妻がいるときに訪ねてこそ、インパクトを与えられる。どうしたものかと考えたところで妙案は浮かばず、妻が渋谷《しぶや》で降りたので、私も後を追った。

地上に出ると、人混みがすごかった。普段、家から滅多に出ない私は、眩暈《めまい》を覚えながら妻の後ろ姿についていった。センター街から東急《とうきゅう》本店方面に抜ける途中で、カフェに入った。

ガラス張りの店だったので、外からでも店内の様子がうかがえた。妻を待っていたのは、四十歳くらいの男だった。ストライプの入った派手なスーツを着て、日焼けした顔は精悍《せいかん》、見るからに仕事ができそうな気配の漂う、エグゼクティブふうの男である。

嫌な予感がした。妻は笑顔を浮かべていなかった。相手もそうだ。にもかかわらず、ふたりの間に漂う空気に親密ななにかを察してしまった。店の外からのぞいているだけなので、それ以上のことはわからなかったが、仕事の打ち合わせという雰囲気ではない。少なくとも、書類を見たり、ノートパソコンを使ったりはしていない。

　しばらくすると、揃って席を立った。店から街に出ていくふたりを、私は人混みにまぎれて尾行した。心臓が早鐘を打っていた。ふたりは人混みから遠ざかるように歩を進め、次第に身を寄せあっていく。妻が男の腕を取ったり、男が妻の腰を抱いたりしたわけではない。それでも、肉体関係をもつ男女だけが放つことができる艶《なま》めかしい匂いが、後ろ姿から生々しく伝わってくるような気がする。

　坂をのぼった先にあったのは、円山町《まるやまちょう》のラブホテル街だった。

　まさかと思った。

　妻と男は、躊躇《ためら》うことなくそのうちのひとつに入ろうとした。

「ちょっとっ！」

　私は衝動的に声を張りあげた。あげようと思ってあげたのではなく、気がつけば荒々しい声が口から飛びだしていた。

　ふたりが振り返ったのと、私が走りだしたのが、ほぼ一緒だった。私は息をはずませながらふたりに迫っていき、妻の肩をつかんだ。

　なにやってるんだ——そう問い質《ただ》すつもりだったが、今度は言おうと思っているのに言えない。声帯がこわばって声が出てくれない。妻が驚愕《きょうがく》に口を開く。美貌がみるみる蒼白《そうはく》に染まっていく。

「誰？」

男が眉をひそめ、私と妻を交互に見る。どちらも凍りついたように固まっている。

「なんですか、あなたは？」

男が険しい表情を向けてくる。

「手を離しなさい」

私の体は動かない。

「手を離せと言ってるんだっ！」

男は私の手を妻の肩から剥《は》がそうとしたが、指が硬直してしまって剥がせなかった。男が睨《にら》んでくる。日焼けした精悍な顔が紅潮していく。眼を吊《つ》りあげて、歯を剝《む》く。怒りに理性を失っていく表情変化の過程を、まざまざと見せつけられた次の瞬間、男の拳が私の頬に飛んできた。

眼の奥で火花が散り、私は悲鳴をあげた。続けざまにもう一発殴られ、ラブホテル街のシミだらけのアスファルトに、棒切れのように転がされた。

4

ごめんなさい、と妻は深々と頭をさげた。

静まり帰ったリビングで、ふたりきりだった。妻はターコイズブルーのソファにちんまりと腰かけ、私は木製の椅子に遠い眼をして座っている。

歴史は二度繰り返す。一度目は悲劇として、二度目は喜劇として——高名な哲学者の言葉を思いだしたが、どうだってよかった。私の左頰は無残に腫れて熱く疼《うず》いていたけれど、そんなこともどうだっていい。

「どうしてこんなことになっちゃったのか、自分でもわからないんです……」

妻は弱々しく頭を振りながら、懺悔《ざんげ》の告白を始めた。

自分の頭の中も整理するためにも、順序立てて話をさせてください。あの男の人は、佐谷敏夫《さたにとしお》さんという名前です。うちの会社のクライアントで、カフェをプロデュースする仕事をしています。続けて三店舗くらい任されてるから、かなりお世話になっていて……彼、仕事で世界中を飛びまわっているんですけど、いい内装のお店があると、かならず写真を撮ってわたしに送ってくれるんです。ナポリの食堂とか、ベルリンのお肉屋さんとか、コペンハーゲンのビアカフェとか……そういうの、嬉しいじゃないですか？　だから、わたし、基本的には一対一の接待ってしないことにしてるんですけど、佐谷さんからお誘いがあったら、できる限り対応するようにしてました。

佐谷さんって、こっちでもとにかくいいお店を知ってるんです。世界中を飛びまわってるから話題も豊富で……わたし……森野くんの一件があって以来、外で飲むお酒は三杯までにしてました。絶対に酔わないようにしているんです。だけど、佐谷さんと一緒だと、お酒にじゃなくて雰囲気に酔ってしまう……慣れてる人なんだと思います。雰囲気で女を酔わせることに。わかっていたんですけど、向こうのほうが一枚も二枚も上手なので、気がつけば夜景が見える高層ホテルの部屋でふたりきりになってました。

……ごめんなさい。

今度浮気したら、一緒に死ぬって約束でしたよね。忘れたわけじゃありませんから、最後まで聞いてください。

このところ、仕事が忙しかったのは嘘《うそ》じゃないんです。いろんな案件が重なって、頭はパンパン、神経はヒリヒリ、なんだかいつも意識朦朧《もうろう》としている感じでした。

そういうときだから、つけこまれたのかもしれません。でもさすがに、ホテルの部屋でふたりきりになると、我に返りました。あなたとの約束を思いだして、夫以外の男の人に肌を見せることはできない、って言ったんです。

　そうしたら佐谷さん、

「肌を見なきゃいいんだね」

　って余裕綽々《よゆうしゃくしゃく》で笑うんです。わたしはその日、淡いベージュのパンツスーツを着ていました。フォーマルまではいきませんけど、それなりにきちんとした格好をしていたんです。隙とかなかったと思います。だから、

「ええ、肌は見せられないんです。ごめんなさい」

　って微笑まじりに答えました。足元を見られたくなかったんです。無理やり迫られたり、悲鳴をあげて拒んだりして、佐谷さんとおかしな関係になるのも嫌だったし。

　それよりも、そのお部屋、びっくりするほど夜景が綺麗《きれい》だったんです。まるで宝石箱みたいな夜景を眺めながらいいワインでも飲んで帰れば、それはそれで素敵な時間になるだろうって思いました。佐谷さんってスノッブですから、そういうの嫌いじゃないと思いましたし。

でも……。

彼は別のことを考えていたんです。スーツのポケットからチーフを抜いて、ちょっと手を縛らせてよ、って言うんです。大丈夫、痛くしないからって……。

わたしは後ろ手に縛られました。その瞬間の心細さっていったら、もう……全身から血の気が引いていくみたいでした。佐谷さんは誤解していると思いました。肌さえ露《あら》わにしなければなにをしてもいい——わたしはそんなつもりで言ったわけじゃありません。でも彼は、わざとかもしれないですけど、わたしの言葉をそんなふうに曲解したんです。

「さあ、これで抵抗できなくなった」

佐谷さんは意味ありげに笑いながら、わたしの腰を抱いてきました。どんな女でも腰が抜けちゃうようなソフィストケートされた手つきでしたけど、わたしはおぞましさしか感じませんでした。大変なことになった、と思いました。

「僕はキミの肌には触れない、洋服に触れているだけだ……」

佐谷さんは耳元でささやきながら、胸のふくらみを撫《な》でてきました。

「いやっ……」

わたしは身をよじりました。でもその抵抗は、弱々しかったと思います。まず、後ろ手に縛られて自由を奪われています。なにをされるかわからない恐怖がありま す。それに、言質《げんち》もとられていました。曲解なんですが、肌を露わにしなければばいいという……。

我慢することにしました。彼の言っている通り、触られているのは服なのです。わたしの体ではありません。スカートだったら困りましたけど、下だってパンツだし……。

大丈夫だと思ったのです。好きでもない男に服の上から体をまさぐられたところで、なにも起こるわけがないと。痴漢に遭ったときみたいなもので、不快な気分は残るけれど、ただそれだけだと……。

甘く見ていました。彼はそのやり方に慣れていたのです。わたしは立ったまま、体中のあらゆるところをまさぐられました。胸もお尻も太腿《ふともも》も、恥ずかしいところまで……乱暴にされたわけじゃありません。むしろひどく丁寧なソフトタッチで、でもいやらしいくらいねちっこく……たとえば胸やお尻なら、丸い隆起を手のひらで吸いとるように撫でるんです。

十分か、十五分か、二十分か……かなりの長い時間、延々と……。

わたしは真っ赤になってうつむいて、嵐が過ぎていくのを待つばかりでした。反応さえしなければ、そのうち佐谷さんも飽きるだろうって……。

でも……。

気がつけばわたしは、ハアハアと息をはずませていました。暑いんです。部屋にはヒーターが効いていましたが、汗をかくほどではなかったはずなのに、パンツスーツの中まで汗まみれになっています。体が火照っているからです。尋常ではないくらい……。

「感じてきたみたいだな?」

佐谷さんがささやき、見つめてきます。キスをしてもいいだろう、と言わんばかりに。冗談じゃありません。わたしは顔をそむけました。すると彼は、両手の人差し指を立てて、わたしの胸を……ふくらみの先端を思いきり突いてきたのです。

「はっ……ぐっ……」

声だけはなんとかこらえましたけど、衝撃が全身に響きました。それまでソフトタッチでしか触られていないところを、急に強い力で刺激されたからです。続けて彼は、乳首をつまんできました。もちろん、服越しです。ジャケットとシャツとブラジャーのカップと、三重にも保護されていましたけど、思いきりつまみあげられれば刺激は性感に届くのです。

わたしは身をよじりました。体中が震えだして立っていられなくなり、膝を折ってしゃがみこむと、お姫さま抱っこってあるじゃないですか、あれでベッドまで運ばれました。

ベッドなんて……そこはホテルの部屋ですからあるのは当然なのですが、それまでわたしの眼には入っていないものでした。だって、佐谷さんの手練手管で部屋には連れこまれてしまいましたが、わたしにはセックスするつもりなんて毛頭ありませんでしたから。

でも、そこにはたしかにベッドがあって、わたしは後ろ手に縛られたまま横にされました。おまけに、全身が怖いくらいに火照っている……。

　怯《おび》えきっているわたしを尻目に、佐谷さんは鞄《かばん》からなにかを取りだしました。信じられないことに、真っ赤なロープでした。その日に限って彼は、革張りの旅行鞄を持っていたのですが、まさかそんなものを忍ばせていたなんて、夢にも思いませんでした。

「心配しないでいい、肌には決して触れないから……」

佐谷さんは脂ぎった顔で笑うと、わたしの両脚をひろげてきました……字開脚……っていうんでしょうか……泣きたくなるような恥ずかしい格好で縛りあげられてしまったんです。

どんなに頑張っても、両脚を閉じることができませんでした。両手は後ろ手に縛られたままです。手も足も出なくなってしまったのです。唯一の救いは、服を着たままだったことですが、それだって安心はできません。先ほど乳首を刺激されて、あやうく声を出してしまいそうになったのですから……。

「ロープ以外にも、いいものを用意してあるんだ」

佐谷さんが、また鞄からなにかを取りだしました。電気マッサージ器、いわゆる電マです。わたしは自分の眼を疑いました。わたしだって……わたしだっていい大人ですから、それがどういう使われ方をするものなのかくらい知っています。ネットなんかの記事では、ヴァイブレーターやローターを押さえて、女性から圧倒的な支持を得ていることだって……でももちろん、使ったことなんてありません。使いたいと思ったことだって一度も……嫌いなんです。本来は、指とか舌とか唇とか、そういうところで大事に愛《め》でるはずのところを、電気仕掛けの振動で刺激されるなんて……なんだか自分の体をオモチャにされるようで、想像しただけで身の毛もよだつ代物です。

「やっ、やめてくださいっ……」

わたしは戦慄を覚えながら言いました。

「そっ、そんなものでっ……そんなもので辱められるくらいなら、わたし、死にますっ！　いますぐ舌を嚙《か》み切って死にますからっ！」

「よせよ……」

佐谷さんは鼻で笑いました。

「舌を嚙むくらいなら、僕の指を嚙めばいい」

そう言って、わたしの口の中に、人差し指と中指を入れてきたのです。次の瞬間、電マが音をたてて振動しはじめました。大股開きになっているわたしの大切なところに……服越しですよ、パンツもショーツもストッキングも穿《は》いていましたけど、その上から……襲いかかってきたんです。

次の瞬間、丘の麓にあるもっとも敏感な部分に燃えあがるような衝撃が訪れました。快感……悔しいですけれど、そうとしか呼びようのないものが振動となって、体の芯まで震わせてきたのです。

漫画なんかでよく、雷に打たれてビリビリッて感電する描写があるじゃないですか？　あんな感じなんです。でも、電気ショックじゃなくて、快感のショックがビリビリと全身を震わせるのです。

「どうしたんだい？　食いちぎってもいいんだよ？」

佐谷さんは笑いながら、わたしの口の中で指を動かしました。からかうように、二本の指で舌をいじりまわしてきました。ねちっこく、掻き混ぜるように……嚙みついてやろうと思いました。血が出るくらい強く嚙みつけば、彼だってこんな狼藉《ろうぜき》はやめてくれるかもしれません。でも……でもぉ……そんなことできるわけないじゃないですかぁ……。

わたし、暴力が嫌いなんです。この世でいちばん大嫌い。自分の舌なら、嚙めたと思います。次に浮気をしたら一緒に死ぬって約束だから、一足早くあの世にいくのは、それほど怖いことではありませんでした。

でも、人の指は嚙めません。それに……それに、その時点で……たった一分くらい電マをあてられていただけなのに、わたしはおかしくなりはじめていました。ぶるぶる震える電マの衝撃に翻弄されて、正気を失いつつあったんです。

あれは本当に怖いオモチャです。わたしの意思とは関係なく、力ずくで欲情させられてしまうんです。麻薬のようなものです。わたしは麻薬を打たれたのと同じ状態になって、拘束された不自由な体を必死になってよじっていました。逃れようとしていたわけではありません。よがっていたんです。口に突っこまれた佐谷さんの指まで、気がつけばしゃぶってました。しゃぶらずにいられないんです。いやらしい気持ちがあとからあとからこみあげてきて、自分ではもう、どうすることもできない……。

「ぅんぐっ！　ぅんぐっ！」

切羽つまった状態になっても、口に指を突っこまれているから、言葉を吐くことすらできません。電マは振動しつづけています。パンツの上からなのに、一ミリのズレもなく官能のスイッチボタンを直撃する位置で……。

「んっ、んぅぐうううううーっ！」

衝撃が訪れました。それは本当に爆発でした。好きな人と愛を確かめあいながら、ゆっくりと昇りつめていく絶頂とは全然違う。電気の振動で強引にイカされたのです。心を取り残して、体だけが暴走したのです。怖いくらいに全身が震えて、自分の体が自分のものではなくなってしまった感じでした。

しかも……しかも、佐谷さんは、わたしがオルガスムスに達して全身をビクビクさせているにもかかわらず、まだしつこく電マを敏感な突起に押しつけてくるんです。わたしは泣き叫びました。壊れてしまうと思った……実際、壊れてしまったんです。

二度目の絶頂がすさまじい勢いで迫ってきて、抗《あらが》いようもなく、わたしはイキました。

その瞬間です。生温かいものがパンツの中にひろがりました……潮を、吹いたんだと思います。でも、そのときは、なにがなんだかわからない状態で、痺《しび》れるような快感に腰が抜けてしまったようになって……。

5

ねえ、惣一郎さん。わたし、絶望という二文字を、あのときほど生々しく実感できたことは後にも先にもありません。

森野くんとの浮気をあなたに見つかったときだって、まだ救いがありました。自分の馬鹿さ加減に死にたくなりましたけど、惣一郎さんはきっと許してくれるって……誠心誠意謝れば絶対に大丈夫だって……心のどこかでそう思っていましたから。

でも、あのときは……。

ようやく電マのスイッチが切られると、耳が痛くなるような静寂がホテルの部屋に訪れました。わたしの着ていたパンツスーツは淡いベージュです。水滴がひと粒こぼれただけで、ひどく目立つ色なんです。それを着けたまま、潮を吹いてしまったのです。いいえ……あれはもう、潮吹きというより、失禁でした。パンツは股間から内腿まで色が変わって、シーツにまでシミをつくっていて……。

「これじゃあ、帰れないね」

佐谷さんは勝ち誇ったような顔で言いました。

「僕がどこかで服を調達してこない限り、キミはこの部屋から一歩も出ることができない」

言われなくても、そんなことはわかっていました。そのホテルは、国内外のエグゼクティブが御用達にしている、超高級な外資系のタワーホテルなのです。おしっこを漏らしたような格好では、ロビーはおろか廊下をうろつくことさえできません。

「終電まであと三時間か……」

佐谷さんが腕時計を見て言いました。

「人妻とのアヴァンチュールは終電までっていうのが、僕のルールなんだ。トラブルにならないように、きちんと帰す。遊びで家庭を壊すなんて、馬鹿げてるからね……」

彼はあくまでもマイペースで、涼しい顔をして言葉を継ぎます。一方のわたしは、なにも言えません。だって、M字開脚に縛りあげられて、下半身に恥ずかしいシミをつくってるんですよ。もう泣きたかった。そんな格好で放置されてること自体、屈辱以外のなにものでもありませんでした。

「どうする？」

佐谷さんが訊ねてきます。

「あと三時間、ふたりでたっぷり楽しんで、服を調達して、終電で帰る……ちょうどいいんじゃないかな？」

わたしは唇を嚙みしめました。

「それともその格好で帰るのかい？　廊下でもエレベーターでもロビーでも、注目を集めること必至だろうがね。インバウンドのお客様が、眼を丸くして驚くんじゃないかな。日本はなんて野蛮な国なんだって。女がおしっこ漏らしたまま歩いてるって……」

だからといって、佐谷さんの好きにされるのは、これ以上オモチャにされるのは絶対に嫌だった。わたしは唇を嚙みしめつづけました。

「……ふうっ」

佐谷さんは大げさに溜息《ためいき》をつくと、

「なるほど、キミも自分からは誘えない苦しい立場なわけだ。しかし、体はどうかな？　服を着たまま潮まで吹いて、疼いてしようがないだろう？」

また鞄からなにかを取りだしました。ハサミでした。

「どうせこの服は処分するしかないだろうからな……」

信じられないことに、パンツの股の縫い合わせ部分を、つまみあげて切ったんです。濡れたベージュの生地に真ん丸い穴が空いて、あ、赤い……赤いショーツが見えてしまって……。

わたしは顔から火が出そうになりました。でも、それも束《つか》の間《ま》のことです。ビリッと音をたててパンツの穴をひろげられ、赤いショーツに指を引っかけられました。悲鳴をあげる暇もなく、わたしの……わたしの恥ずかしい部分は、さらけだされてしまったのです。

佐谷さんの目の前です。息が吹きかかる距離です。惣一郎さんが知っているとおり、わたし、舐められるのが苦手なんです。でも、佐谷さんは、眼を血走らせ、舌なめずりをしています。

「綺麗な×××じゃないか……」

いつもの紳士的な彼は、もうどこにもいませんでした。パンツに穴を空けた勢いのまま、わたしの恥ずかしい部分をひろげてきました。親指と人差し指を使って、輪ゴムをひろげるように。

奥の奥までのぞきこまれてしまったわたしは、それでも必死に耐えていました。歯を食いしばって……嵐が過ぎ去ってくれるのを……。

佐谷さんは舌を伸ばして、わたしのいちばん敏感な部分を舐めはじめました。舌先を尖《とが》らせて、転がすように。

その部分は、先ほどまで電マの刺激を受けていた部分でした。ぶるぶるした振動で、失禁するまで責められていたのです。そこに襲いかかってきた生温かい舌の感触は……体の芯に染みこんでくるようでした。わたしの心はおぞましさしか覚えていないのに、体にはいやらしい感触が染みこんできてしまうのです。

佐谷さんのやり方は執拗《しつよう》でした。刻一刻と荒々しくなっていく鼻息で、草むらを揺らしながら、しつこく、しつこく、舐めてくる……おまけに、指まで入れてきます。ぐりぐりと掻きまわされます。中で指を折り曲げて、感じる部分に引っかけるようにして出し入れが始まります。もちろん、舌も使いながら……。

わたしは……ひとつずつ大切なものを失っていきました。いくらこらえようとしても、声が出てしまうんです。いやらしい声です。じっとしていなければならないのに、腰がくねりだしてしまいます。佐谷さんにそれを指摘されても、顔を熱くする以外になにもできません。

やがて、変な音がたちはじめました。耳障りな粘っこい音に、わたしの羞恥心は揺さぶり抜かれます。そんな音がたってしまうのは、わたしが濡らしているからなのです。それでも、どうしようもない。手脚を拘束された状態では、ただ甘んじて受けとめるしかない。

そ、そこまでは……そこまでは、まだ……よかった……。

敏感な性感帯を刺激されて、声が出てしまったり、腰が動いてしまったり、あるいは濡れてしまうのは、脊髄反射みたいなものです。生理的反応の一種です。でも……でもぉ……。

「そろそろイキたくなってきたんじゃないか？」

佐谷さんは悪魔のような顔で言いました。その通りでした。わたしは……わたしは、イキたかった。もう言い訳がましいことを言うのはやめにします。わたしはただ、イキたかった……。

言葉にこそしませんでしたが、わたしは間違いなく、物欲しげな顔をしていたと思います。イキたくてイキたくてしかたがないという……人に弱味を見せる愚かさを、わたしはそのあと、泣きながら噛みしめることになります。

佐谷さんは正真正銘のサディストでした。女をいじめることがなにより好きな、変態性欲者なんです。そんなことくらい、とっくに気がついていなければなりませんでした。気がつこうとしなかったばかりに、普段は紳士な佐谷さんに限って、まさかそこまでの人間ではないだろうと思いこんでいたばかりに……わたしは地獄に堕《お》ちました。

「ダ、ダメッ……もうダメッ……」

オルガスムスへの欲求が限界まで高まり、わたしはうわずった声で言いました。

「イッ、イッちゃうっ……またイッちゃうっ……」

いま思い返しても、そのときのわたしの声は、虫酸《むしず》が走るようなものでした。甘えるような、鼻にかかった、浅ましさばかりに塗りつぶされた声をもらして、わたしはオルガスムスに駆けあがっていこうとしたのです。

人妻でありながら……。

惣一郎さんという人がありながら……。

だから、次の瞬間に起こった出来事はきっと、恥知らずにも発情しきってしまったわたしに対する、天罰だったのでしょう。そうに違いありません。

佐谷さんは唐突に愛撫をやめました。

あとほんの少し、五秒でも三秒でもいいから、敏感な部分を舐めつづけてくれれば、わたしはイケたのです。なのにイケなくなりました。あのやるせない心境を、どう言ったら正確に伝えられるのか……わたしは拘束された不自由な体をよじりによじりました。振り乱した髪がざんばらに乱れ、脂汗の浮かんだ顔に貼りついて無残なことになっていましたが、かまっていられないほどその喪失感はわたしを絶望の淵《ふち》に追いこみました。

いいえ、本当の絶望は、まだまだ先にあるのでした。やるせなさに悶絶《もんぜつ》しながらも、わたしはどこかで高を括《くく》っていたのです。いまのは無邪気な意地悪で、どうせすぐに愛撫は再開されるのだろうと。

実際、オルガスムスを逃したショックにひとしきり悶《もだ》え苦しみ、身をよじる動きがおさまってくると、佐谷さんの舌はわたしの恥ずかしい部分に戻ってきました。獣じみた匂いのする粘液を、いやらしいくらいにあふれさせている女の器官に……。

今度はもっとも敏感な突起ではなく、花びらをしゃぶられました。入口にヌプヌプと舌先が入ってきました。わたしはのけぞって吠《ほ》えるように悲鳴をあげました。傷口に再び舌先が敏感な突起に戻ってくると、ほとんど半狂乱で泣き叫びました。傷口に塩を塗る……そんな感じなのです。違うのは、わたしの体に襲いかかってきたものが、痛みではなく快感ということだけでした。

「いやっ……ああっ、いやっ……」

再び、オルガスムスの前兆が迫ってきました。わたしは髪を振り乱して首を振り、腰を反らせ、ストッキングに包まれた足の指を丸めました。踏ん張りようのない体勢で踏ん張って、鼻息を荒げてイキんで、一秒でも早くそれをむさぼろうとしていました。

浅ましさを隠しきれなくなったわたしを、佐谷さんはせせら笑いました。みじめでした。嫌というほど、自己嫌悪にまみれました。それでもイキたくてしようがないのですから、もう救いようがありません。

なのに……。

ようやくその瞬間が訪れる——その寸前で、佐谷さんは愛撫をやめるのです。寸止めの生殺し地獄にわたしを突き落として、高笑いをあげるのです。

わたしは泣きました。あれほど手放しで泣きじゃくった経験は、大人になってから一度もありません。後ろ手に縛られているので、みじめな泣き顔を隠すことすらできず、M字開脚に拘束されたまま……女の恥部という恥部を、これ以上なく卑猥《ひわい》な形で露わにされた状態で、哀《かな》しくもないのにわたしは泣きました。両眼からこぼれ落ちている大粒の涙は、発情の涙なのです。イキたくてイキたくてしかたがないという、なによりの証《あかし》なんです。この世にこれ以上恥ずかしく、薄汚れた涙があるでしょうか……。

「どうしてほしいんだい？」

佐谷さんがささやいてきます。わたしはなにも言えません。言えるわけが……でも、そうすると、また焦《じ》らされるのです。オルガスムス寸前まで愛撫されては、唐突に放置される。それを繰り返されると、どうなると思います？　正気を失っていくんです。イクこと以外になにも考えられなくなって、自分が誰かもわからなくなっていく。もしかしたら、人間ですらなくなっていくのかもしれません。やるせなさに悶え泣きながら、発情の涙を流し、涎《よだれ》を垂らし、両脚の間からも絶え間なくタラタラと……。

「まだおねだりを口にできないのかい？　さすがだな。こんなに手こずるのは久しぶりだ……」

佐谷さんはさも嬉しそうに言いました。

「終電まであと一時間半……まさかこんなに粘られるとは思わなかったが、キミがそのつもりなら、残りの時間、ずっと焦らしてやってもいい。いちおう、種明かしをしておこうか」

革の旅行鞄から、バレンシアオレンジのワンピースを出しました。涙でぐちゃぐちゃになっているわたしの眼にも、鮮やかな色がしみました。

「スペインみやげだよ。安物じゃないぜ。こいつのおかげで、躊躇《ちゅうちょ》なくキミのパンツを破れたんだ。わかるだろう？　これで服を調達する時間は必要なくなった。終電まで、思う存分悶え泣けばいい……」

目の前が真っ暗になるというのは、こういうことを言うのだな、とわたしは思いました。あと一時間半、そんなに焦らされたら、どうにかなってしまうと思いました。もうすでにどうにかなっていたのですが、決して戻ってこられない彼岸に渡ってしまうような恐怖に、魂が凍りつきました。

「イッ、イカせて……」

ほとんど無意識に、わたしの口から言葉が迸《ほとばし》りました。

「もうイカせてっ……イカせてくださいっ……」

その言葉を吐くことは、敗北以外のなにものでもありませんでした。縛りあげられて無理やりイカされたのなら、まだ言い訳の余地はあります。でも、自分でそれをねだってしまったら……もう終わりです。わたしは女として終わりました。だって……だってあと一時間半なんて、我慢できるわけないんです。考えただけで涙がとまらなくなって、わたしは……わたしは……。

「お願いしますっ……もうイカせてっ……イカせてえええええっ……」

泣き叫ぶわたしを見て、佐谷さんは子供のように大はしゃぎです。みじめでみじめでしかたありませんでしたけど、これでイカせてもらえると、ようやくゆき果てることができるのだと、私は泥に咲く蓮《はす》のような気分でした。

でも、あの男は本物の鬼でした。哀願の言葉さえ吐けば欲しいものが与えてもらえるなんて、わたしの考えが甘すぎたのです。

「おねだりするなら、もっと具体的に言ってもらえないかな?」

佐谷さんはベッドの横に立ち、服を脱ぎはじめました。ブリーフまで一気に脚から抜いて……ぺ、ペニスを……隆々と反り返った男性器官をわたしに見せつけてきたんです。

「どうしてほしいか、言うんだ」

眼を据わらせて、見下ろしてきます。わたしは戦慄に身をすくめるばかりで、言葉を返せません。怖かった。佐谷さんの欲望が、それがまっすぐにわたしに向けられていることが、怖くて怖くてしかたなかった。

「言えよ。どうしてほしいか」

「……だ、抱いて……ください」

蚊の鳴くような声で言いました。恐ろしさのあまり、言ったのです。彼の機嫌を損ねるのを恐れ、彼の望むような言葉を……。

「違うだろ」

佐谷さんは静かに首を振りました。

「どこに、なにを入れてほしいか言うんだよ。イキたいんだろう？　イクためには、どこに、なにを入れればいい？」

意味ありげに、口許《くちもと》だけで笑います。

「答え方に気をつけるんだよ。僕を満足させられない答え方をしたら、僕は服を着直して、バーに飲みにいく。キミは終電まで、このまま放置だ」

「いっ、いやっ……」

わたしは震えあがりました。このままひとりで放置されるなんて、想像しただけで気が遠くなりそうでした。

顔が、燃えるように熱くなっていきました。鏡を見たらきっと、わたしの顔は血の色より赤かったと思います。言うしかないと覚悟を決めても、それを口にするのは本当につらかった。つらくてつらくて、いっそのこと煙のように消えてしまいたかった。でも、そんなことはできません。わたしは発情しきっていました。逡巡しながらも、涙がとまらないんです。両脚の間が疼いて疼いて、触られてもいないのに、あとからあとから熱い蜜がこんこんとあふれてくるのです。

「××××！」

わたしは叫びました。

「××××にっ……××××にっ……××××を入れてくださいっ！」

そのときわたしに向けられた佐谷さんの脂下《やにさ》がった表情を、わたしは一生忘れないと思います。

6

話を聞きおえても、私はしばらくの間、口をきくことができなかった。

時に声をうわずらせ、時に涙を浮かべながら告白を続けた妻は、うつむいて肩で息をしている。

長い話だった。妻は喉が渇いていることだろう。私もカラカラだった。しかし、立ちあがって飲み物を取りにいくことができない。体が動いてくれない。指一本動かせない。

「その佐谷って男とは……」

必死に気持ちを奮い立たせ、なんとか声を絞りだした。

「一度きりのあやまちってわけじゃないんですね？」

妻がうなずく。

「どれくらい会ったんですか？　ふたりきりで……」

「三日に一回くらい……それが二カ月……」

私の心は震えた。あれほど忙しく見えていたのは、仕事のせいではなく、三日に一回も他の男とセックスしていたからなのだ。

「脅されて、呼びだされていたんですね？」

身を乗りだして訊ねた。

「いまの話だと、レイプみたいなものじゃないですか？　半ば無理やり……いや、ほとんど無理やりされてしまったわけで……」

妻はコクンと顎を引いたが、

「でも……」

　すぐに翻すようなことを言った。

「最終的に、求めたのは、わたしのほうからなので……」

「縛られて動けなかったんでしょう？」

　妻は答えない。

「警察に訴えましょう。許されることじゃない。暴力を使って、そんなふうに人の妻を手込めにするなんて……ねえ、そうしましょう」

「……無理だと思います」

　妻は力なく首を振った。

「最初はたしかに、半ば無理やりでしたけど……暴力ってわけじゃないんです……わたしが本気でやめてと言えば、佐谷さんはやめてくれたと思います……わたしが悪いんです……」

「いやでも……」

「それに！」

　妻は遮って続けた。

「二回目の逢瀬《おうせ》からは、誘ったのは全部わたしのほうからだし……」

「なんですって?」

「調教されちゃったんです」

「ちょ、調教? いったいなんの話なんだ?」

「佐谷さんのサディスティックなやり方に、わたし、すっかり嵌《は》まっちゃったんです。されてるときは泣きじゃくるし、つらくてつらくてしようがないんですけど、二日も会わないでいると、それ以上につらくて……禁断症状で苛々してきて、仕事も手につかなくなるから、会うしかなかったんです……会っていじめてもらうしか……」

「希和子さんっ!」

「はいっ!」

私の声の大きさに、妻はビクッとして背筋を伸ばした。

「実はドMだったんですか? 男にいじめてもらうと、興奮する……」

私の知る妻は、ベッドで自分がリードしたがるタイプだった。その彼女が調教だなんて、話を聞いたいまでも信じられない。

「わたしだって……いままでそんなつもりはなかったんですけど……」

「相手がその男だとドMになってしまう……」

「ということに……なるのでしょうか……」

卑屈な上目遣いを向けてくる。私のいちばん嫌いな妻の顔だった。私は眼をそむけた。

「……どうするつもりなんですか？」

声音をあらためて訊ねると、

「……約束だから死にます」

妻はうつむいたまま、どこか投げやりに言い放った。

私は鼻白んだ。馬鹿馬鹿しくてしかたなかった。一度きりのあやまちのときは、身震いするくらいの憤怒を覚えたし、胸が張り裂けそうな哀しさもあった。だが、二カ月間にもわたって本格的に浮気されていたとなれば、もはや怒る気にもならず、嘆く言葉も見当たらない。

なにより衝撃的だったのは、私にとっては天使であり、女神である妻も、他の男にしてみれば、縛りあげて辱めてもかまわないただの女だったことだ。いや、そんなことをされて悦《よろこ》んでいるのだから、牝豚《めすぶた》みたいなものではないか。どれだけ綺麗な顔をしていても、彼女の本質はそうなのだ。哀しいかな、男好きのやりまんなのだ……。

「では、死にましょう」

私は言い渡した。もちろん本気ではなかったが、妻はハッと息を呑《の》んだ。彼女にしても、本気で心中するつもりなどあるわけがない。それが頭にくる。どうせ最後には許してもらえると高を括っている。

私は離婚を決意した。さすがにもう、彼女のような女とはやっていけなかった。彼女にしたって、ひとりの男に縛られているより、独身に戻って奔放に生きたほうが、幸せに違いない。

「ほ、本当に……死ぬんですか？」

また卑屈な上目遣いだ。私は苛立った。美しく気品あふれる妻に、その表情は似合わない。だがいまは、卑屈な表情の裏側に見え隠れしている、私を見くびっている心根に苛つく。

「首吊りがいいでしょう。いちばん苦しまなくてすみますから」

妻の顔からみるみる血の気が引いていく。

「でも、その前に……」

意味ありげに言葉を切ると、妻が不安げに眼を向けてきた。視線と視線がぶつかりあい、からまりあった。お互いの心臓の音さえ、重なりあっていくような気がした。

「最後にもう一度だけ、抱かせてください」

「えっ……」

　妻は意外そうな顔をした。

「ただし」

　私はすかさず付け加えた。

「好きなように……僕の好きなように、抱かせてもらっていいですか？」

「いいです……けど……」

　妻の眼が泳ぐ。他に気になることがあるらしい。

「ハッ、茶番劇はもうやめましょう。死にたくなかったら、セックスが終わって、僕が寝ている間に、出ていけばいい」

　妻が息を呑む。

「それでいいでしょう？　引っ越しとか役所に出す書類とか、そういうことについては追って連絡します。とにかく、今日ですべてを終わりにさせてください」

　重苦しい沈黙が、ふたりの間を漂った。

「やり直す道は……ないですか？」

私は答えなかった。答える必要がない。やり直す道などあるわけがない。一度ならず二度までも不貞を働いておきながら、やり直せると思っている神経が理解できない。やり直した先にどのような未来があるのか想像もつかない。

妻はまだなにか言いたげな顔をしていたが、

「脱いでください」

私は居丈高に言い放った。

「この場で全裸になってください……早くっ！」

窓の外には夜の帳《とばり》がおりていたが、リビングの照明は明るかった。妻は明るいところで肌を見せることを好まない。この家では、寝室以外で夫婦生活を営んだことがない。だから、わたしはあえて言った。これで最後なのだ。好きなようにさせてもらうのだ……。

「脱げば……いいんですね……」

妻は諦観《ていかん》を滲《にじ》ませた表情で、声を震わせながら立ちあがった。ノースリーブの白いニットと黒いミニスカートを、のろのろと脱いだ。一枚脱ぐたびに上目遣いを向けてくるのが鬱陶しかったが、私はもう眼をそらさなかった。

美しい妻の体を飾っているのは、薄紫色のセクシーなランジェリーと、ナチュラルカラーのパンティストッキングだった。妻は腰を屈《かが》め、ストッキングをくるくると丸めて爪先から抜いた。

「これも？」

下着も脱ぐのかと訊ねてきたので、私は無言でうなずいた。取りつく島がないと判断したのだろう、妻は「はーっ」と息を吐きだすと、両手を背中にまわしてブラジャーのホックをはずした。カップがめくれ、たわわに実った白い乳房が恥ずかしげに顔をのぞかせる。腰を折って、ショーツも脱ぐ。秘部を飾る草むらが、今日はやけに黒々として見える。

「そんなに……見ないで……」

妻は身をすくめて乳房や草むらを隠そうとしたが、

「気をつけですっ！」

私は情け容赦なく、鋭く尖った怒声で命じた。

すべてを眼に焼きつけておこうと思った。

舐めるような視線を、妻の体中に這《は》いまわらせた。一部の隙もなかった。雪色に輝く素肌も、腰からヒップに流れる女らしいカーブも、乳房をツンと上向きに見せている赤い乳首も、バストやヒップや太腿の量感も、見れば見るほど感嘆がこみあげてくるばかりだ。

それにしても……。

世の中にはすごい男がいるものだと思った。これほど美しい女を牝豚扱いできるなんて、想像を絶している。たとえ性癖でも、尊敬してしまいそうになる。私には崇《あが》めることしかできなかった。

ひれ伏すことしかできなかった。

自分の欲望など脇に置き、妻さえ気持ちよくなってくれればいいという思いで、夫婦生活を営んでいた。

もしかすると、それが失敗の原因だったのだろうか……。

7

妻とのセックスには禁止事項が多かった。

まず、クンニリングスは絶対にNG。匂いや味を知られるのが嫌なのだそうだ。そのわりにはフェラチオはOKなのだから、よくわからない。そして、明るいところで裸を見るのも禁止。とくに両脚の間を凝視されることには、とても警戒している。さらに、正常位と騎乗位以外の体位も禁止。見つめあいながら感じあうのがメイクラブだからというのが、その理由だった。本当は別の理由がありそうだったが、私は詮索しなかった。

最初に体を重ねたときはかなり大胆なタイプだと思ったので、そうやって禁止事項を並べられると意外な気がした。もともと積極的というわけではなく、自分が嫌なことをされないようにリードするようになった節もうかがえた。どちらでもよかった。私はそれも詮索しなかった。

本心がどうであれ、私は妻が許容する範囲のことで、充分満足できたからである。フェラチオなどむしろ、されるたびに申し訳なく思ってしまうほどで、苦手なことを無理強いしようなんて考えたことすらなかった。

しかし……。

これが最後のセックスなら、そういうわけにはいかない。あえて禁止を破る必要がある。私は妻のすべてをこの眼に焼きつけておきたい。たとえ離婚しても、彼女のことを死ぬまで忘れないように……。

「こっちへ……」

ターコイズブルーのソファにうながす。大人が三人ゆうに座れるサイズなので、ベッドの代わりになるだろう。いままで決して座らなかったソファが、最後のセックスの舞台になるとは皮肉である。

「いやっ……」

両脚をひろげていくと、妻は小さく悲鳴をあげた。私は鋭い眼光で抵抗を制しながら、さらにひろげていった。泣き言を言うには、まだ早すぎる。私は妻の両脚をM字に割りひろげると、そのまま背中を丸めていった。「えっ？　えっ？」と妻は焦っているが、かまわず尻まで持ちあげてしまう。

いわゆる、マングり返しの体勢だ。

「いっ、いやっ……いやよっ……」

清楚《せいそ》な美貌はひきつりきっている。私に許すつもりはない。そもそも好きでこんなことをやっているのではない。私はクンニがNG、正常位と騎乗位だけのセックスで充分満足していた。満足できなかったのは、彼女のほうなのだ。

それでも……。

半ば自棄になって強要した体勢だったが、目の前にひろがった光景は尋常ではなく衝撃的なものだった。女の恥部という恥部が、すべて見えていた。小高い丘を飾る黒い繊毛、その下に咲いたアーモンドピンクの花、さらにはくすみのほとんどない美麗なすぼまりまで、なにもかも一望できた。

と同時に、羞《は》じらいに歪《ゆが》みきっている美貌まで拝めるのが、マングり返しの素晴らしいところだろう。

私の体は震えだしていた。妻とベッドインするのはいつだって興奮するけれど、これほど異様な興奮を覚え、武者震いのように全身をぶるぶるさせたのは初めてのことだった。

もちろん、ただ見るだけで終わるわけではないことが、武者震いを起こさせている最大の要因かもしれない。眼と鼻の先で咲いているアーモンドピンクの花を、今日ばかりは舐めていいのだ。普段は指での愛撫しか許されていないその部分を、舌で味わうことができるのである。

私はまず、匂いを嗅いだ。ほのかに海の匂いがした。少し意外だった。妻ほどの美人なら薔薇《ばら》の香りでも漂ってくるだろうと思っていたのだが、さすがにそれはあり得ないかと内心で苦笑する。

「そっ、そんなにっ……見ないでくださいっ……」

頭を下にされているうえ、夫に初めて秘めやかな部分をまじまじと見られ、妻の美貌は早くも紅潮しはじめている。

私は舌を差しだした。まずはアーモンドピンクの花びらが、ぴったりと重なりあった合わせ目を、ツツーッと舌先でなぞってやる。

「くぅうっ！」

美貌が歪みながら紅潮していく。私の顔も、妻に負けないくらい赤くなっていたことだろう。舐めてしまったのだ。おそらく一生舐められないと思っていた妻のいちばん大切な部分に、舌を這わせているのだ。

ツツーッ、ツツーッ、と下から上に舐めあげてやれば、合わせ目ははらりとほつれて、つやつやと濡れ光る薄桃色の粘膜が姿を現した。薔薇のつぼみのように、肉ひだが幾重にも層をつくっている様子に、視線を釘《くぎ》づけにされる。

綺麗な色艶だった。この世にこれ以上麗しい色艶はないだろうと思いながら、私はざらついた舌腹でそれを舐めた。

不思議な味がした。いや、自然な味と言ったほうがいいか。もうずいぶんと昔の話になるが、学生時代に付き合っていた恋人はクンニリングスに苦手意識がない女だった。むしろ積極的に求めてきた。断るとフェラチオをしてもらえなくなりそうなのでやむなく応えたが、できることなら拒みたかった。くさいと言っては失礼だが、違和感を覚えてしまうことを禁じ得なかったからだ。

もし妻がそうであっても、わたしは舐めつづけただろう。むしろそういうものだと思っていたし、違和感をこらえて奉仕するからこそ、他人ではない関係を築きあげられるのだとも思っていた。

しかし、違和感がない。自然に舐められる。舌を這わせても這わせても、嫌な感じがまったくなく、むしろおいしい。はっきりした味がするわけではないのに、舐めるのをやめられない。くにゃくにゃした花びらと、つるつるした粘膜の感触が、言いようのない興奮を運んでくる。

体の相性はクンニリングスでわかる——どこかで誰かが言っていた。くさいのを我慢して舐めるのは愚の骨頂、相性がいい女の陰部は無臭に近く感じられ、いくらでも舐めていられると。

そんなものかと聞き流していたが、唐突に思いだした。その伝によれば、私と妻は体の相性がいいということになる。いまの私には酷な話でもあった。いまさらそんなことがわかったところで、ふたりに未来はない。待っているのは別れだけなのである。

「あああーっ！」

私の舌がクリトリスに到達すると、妻はいよいよ声をこらえきれなくなった。真っ赤な顔でひいひいとあえぎ、首に何本も筋を浮かべて宙に浮いた足をジタバタさせる。

私は彼女の乳房の先端に咲いた、赤い乳首を左右ともつまんだ。そうしつつ、夢中になってクリトリスを舐め転がした。この小さな肉芽にいったいどれほどの性感が集まっているのか、やがて妻は、羞じらうこともできなくなり、甲高い悲鳴をあげて手放しでよがりはじめた。

広く明るいリビングに、妻の淫らな声がこだまする。マングり返しで舐めまわしている舞台は、ターコイズブルーの高級ソファ。現実感が失われていく。なんだか夢の中にいるような気分で、私は執拗に左右の乳首をいじりまわし、敏感な肉芽を舐め転がす。

夢から覚めたのは、妻の切羽つまった叫び声によってだった。

「ダ、ダメッ！　ダメようっ！」

髪を振り乱し、涙に潤んだ眼を歪めて見つめてきた。

「イッ、イッちゃうっ……そんなにしたら、イッちゃいますっ！」

喜悦にうわずったその声が、私の脳裏にある光景を蘇《よみがえ》らせた。実際に見た光景ではない。しかし、先ほど話を聞きながら、ずっと想像していた。

佐谷なる男に、妻が嗜虐《しぎゃく》の限りを尽くされている光景だ。

パンツスーツのまま手足を拘束して電マで潮吹き、さらにはパンツに穴を空け、執拗なクンニと寸止め生殺し地獄……妻は必死に我慢するも、やがて軍門にくだる。絶頂欲しさに正気を失い、その美しい顔に似合わない四文字卑語《ひご》まで口にして、犯されることを志願する……。

「ねえ、イキそうっ……もうイクッ……が、我慢できないいいいっ……」

明るい照明の下なので、妻の表情がつぶさにうかがえた。怯えたように眉根を寄せ、唇をわななかせたその顔は、正視に耐えられないいくらい物欲しげで浅ましかった。

「あああああっ……」

あがった悲鳴は、オルガスムスに達したことを知らせる歓喜のそれではなかった。私は愛撫を中断していた。妻が絶頂に駆けあがっていこうとした瞬間、クリトリスから舌を離し、左右の乳首もリリースした。

「ううう っ……くぅううっ……」

寸止め生殺しに悶える妻の表情は、ぞくぞくするほどエロティックだった。ひどくつらそうな顔をしているが、彼女が求めているは淫らな愛撫だった。世にも恥ずかしい大股開きを披露しつつ、涎じみた発情の蜜を漏らしている部分を、もっと舐めてと訴えているのだ。

なるほど……。

性的にごくノーマルな私にも、佐谷の気持ちが少しだけわかった気がした。

8

「こっちに来るんだ」

私はマングり返しの体勢を崩すと、妻の手を取り、玄関ホールに向かった。

そこには、外出前に身だしなみをチェックできるよう、大きな姿見が置かれている。そちらの方に顔を向けさせ、妻を四つん這いにうながした。

「ううう……」

妻が唇を嚙みしめる。獣のような四つん這いポーズは、セックス中に彼女が忌み嫌うことのひとつだった。よって私は、バックスタイルで彼女と繫《つな》がったことがない。

「最後だから、好きにしていいんですよね……」

妻の後ろに立った私は、生唾を呑みこまずにはいられなかった。彼女が忌み嫌っていようがいまいが、その格好は女体をもっともセクシーに見せるポーズの最右翼だった。

くびれた腰からボリュームのあるヒップへと流れる曲線ほど、牡《おす》の琴線《きんせん》に触れるものもないだろう。丸々とふくらんだふたつの尻丘は白く輝き、桃割れの間から淫らがましい熱気を放っている。顔は前を向いているのに、恥部を後ろ向きで無防備にさらけだしている姿が、嗜虐心《しぎゃくしん》を揺さぶってくる。

嗜虐心……。

そう、私はサディスティックな気分になっていた。自分を裏切った妻を折檻《せっかん》するには、マンぐり返しだけでは物足りなかった。

「いやらしい女だな……」

こちらに向かって突きだされた尻を、私は撫でた。剝き卵のようになめらかな触り心地に陶然としつつ、鏡に映った妻の顔を見る。

「自分でも思ってるでしょう？　わたしはなんていやらしい女なんだって。別れ話をしたあとなのに、マンぐり返しでイキそうになって……」

「言わないで……」

妻が鏡から顔をそむけたので、

「前を見てるんだっ！」

スパーンッ、と私は白い尻丘に平手を飛ばした。

「ひいっ！」

妻が悲鳴をあげ、鏡越しに呆然《ぼうぜん》とした眼を向けてくる。信じられない、とその顔には書いてある。

驚くのも無理はない。妻に浮気をされるまで、私は彼女に対して声を荒げることさえないおとなしい男だったのだ。ましてや手をあげることなど、夢にも思ったことがない。

「ドMってことは、こういうことが好きってことだろ？」

スパーンッ、スパパーンッ、と平手を飛ばす。渇いた打擲音《ちょうちゃくおん》と妻の悲鳴が狭い玄関ホールに反響し、見慣れた景色が非日常の色に染まっていく。

「まさか……まさかの話ですよ。希和子さんがドMで、他の男に調教されてたなんて……こうすればよかったんですか？　希和子さんが嫌がる四つん這いにして、こうすればっ！」

手のひらに「はーっ」と息を吹きかけて、渾身《こんしん》の平手打ちを打ちおろす。スパーンッとヒットさせた瞬間、重い衝撃が手のひらから体の芯まで響いてくる。続けざまに叩けば、白い尻丘が左右ともピンク色に染まっていく。まるで花が咲いたように美しいが、鏡越しに見る妻の美貌はこれ以上なく歪んでいる。

「……やっぱり」

桃割れの間に指を忍びこませた私は、唇を歪めて言った。

「四つん這いで尻を叩かれて、もうこんなに濡らしてるんですか？　ええ？　こんなにびっしょり……」

女の花を指で軽く叩くようにしてやると、猫がミルクを舐めるような音がたった。正確には、尻を叩かれて濡らしたわけではなく、先ほど絶頂寸前まで昇りつめたクンニの残滓《ざんし》だろう。

それでも、妻の美貌は恥辱に歪む。きりきりと眉根を寄せながら、脂汗にまみれていく。

「答えてくださいよ」

私は桃割れをぐいっと割りひろげ、アヌスを剝きだしにした。

「いやっ！」

妻が尻尾を踏まれた猫のような顔で振り返る。彼女がバックスタイルを苦手にしているのは、おそらくアヌスを見られるのが嫌だからだ。なのであえて剝きだしにしてやったのだ。

「いやなんですか？　でも、ドＭってことは、いやよいやよも好きのうちなんじゃないですかね？　希和子さんがいやっていうことをもっとしてれば、浮気されなかったんでしょ？　ねえ、どうなんです？」

剝きだしにしたアヌスにペロペロと舌を這わすと、

「やっ、やめてっ！」

妻はおぞましげな金切り声をあげた。

「そっ、そんなところっ……なっ、舐めないでくださいっ！」

本気で嫌がっているようだったが、私は無視した。細かい皺《しわ》をなぞるように舌を動かしながら、愛液のしたたる割れ目を右手の指で刺激した。花びらをいじりまわし、ずぶずぶと指を入れていく。

佐谷に負けたくなかった。私を殴ったあの男より、もっとひどいことをしてやろうと思った。哀しいかな、こちらは性的にノーマルなので、小道具の準備もなければ、ＳＭプレイの経験やテクニックもない。それでも、情熱だけは負けたくなかった。妻がいじめられて悦ぶ女なら、とことんいじめ抜いて、とことん泣かせてやるまでだ。

「あああああーっ！」

蜜壺《みつつぼ》に埋めこんだ指を出し入れすると、喜悦に歪んだ悲鳴があがった。私は熱く煮えたぎっている肉ひだの中で指を折り曲げ、鉤状《かぎなり》にしてさらに責めた。奥に溜まった蜜を掻きだすようにして、出し入れを続けた。そうしつつ、左手でクリトリスもいじりはじめる。

「ああっ、いやっ！　いっ、いやあああああああーっ！」

女の急所三点同時責めに、妻は激しく悶え泣いた。夫婦の閨房《けいぼう》では決して許されなかったやり方だ。私は興奮していた。鉤状に折り曲げた指を出し入れするほどに蜜は大量にあふれてきて、フローリングの床に水たまりをつくる勢いだった。感じているのだ。四つん這いになることすら真顔で拒んできたくせに、妻はいま、感じている。尻の穴を舐められながら、いやらしいくらいによがっている。

「ああっ、ダメッ……ダメダメダメッ……」

妻が叫ぶ。

「イッ、イッちゃうっ……そんなにしたらイッ、イッちゃっ……」

「いやらしいなっ！」

私は怒声をあげ、尻丘をスパーンッと叩いた。

「ひいいっ！」

「尻の穴を舐められてイキそうになるなんて、どういうことなんだ？　そういう女だったのか？　本当はそんなにドスケベだったのか？」

スパーンッ、スパパーンッ、と尻丘に連打を浴びせる。妻は悲鳴をあげ、身をよじる。だが、嫌がっているわけではない。平手が尻丘にヒットした瞬間は尻を引っこめるが、すぐにまた突きだしてくる。屈辱的なスパンキングプレイにさえ、感じているようだった。左右の尻丘が真っ赤に腫れあがっても、逃げだそうとする気配すらない。

身の底から、激情が迫《せ》りあがってきた。憤怒なのか興奮なのか、もはやわからなかった。私はズボンとブリーフを脱ぎ捨て、勃起しきった男根を露わにした。臍《へそ》を叩く勢いで反り返ったそれをつかみ、妻の尻に腰を寄せていく。濡れた花園に、切っ先をずぶりと突きたてる。

「んんんんーっ！」

妻がのけぞる。眉根を寄せた淫らな顔が、鏡に映っている。

「眼を開けるんだ」

浅瀬を穿《うが》ちながら、私は言った。

「眼を開けてこっちを見るんだ」

「ううう っ……」

妻がつらそうに瞼《まぶた》をもちあげる。ねっとりと潤んだ瞳で、鏡越しに見つめてくる。視線と視線をからめあわせながら、私は妻の中に入っていった。ひどく熱かった。煮えたぎっているようだった。しかし私も、負けてはいない。鋼鉄のように硬くみなぎった男根で、堂々と侵入していく。熱く濡れた肉ひだの一枚一枚を感じながら進んでいき、ずんっ、と最奥を突きあげてやる。

「あああーっ！」

妻が腰を鋭く反り返らせた。私の両手はそこをつかんでいた。すかさず動きだし、男根を抜き差しした。粘りつくような音がたった。入れては出し、出しては入れ、本格的なピストン運動を開始する。

「あああっ……はぁあああっ……」

妻がいまにも泣きだしそうな顔で、鏡越しに見つめてくる。見つめ返す私の顔も、情けないくらいこわばっている。

いつもと結合の感覚が違うのだ。正常位や騎乗位とバックスタイルでは、あたるところが違う。男根も蜜壺も反っているから当然のことかもしれない。しかし、普通ならたいした違いではない。体位を変えただけで、これほど劇的に結合感が変わった経験は、私にはない。

ぴったりだった。刀に誂《あつら》えた鞘《さや》のように収まりがよかった。私の腰使いはみるみる熱を帯びていき、瞬く間にフルピッチにまで到達した。呼吸も忘れて連打を打ちこまずにいられない、衝撃的な結合感だった。収まりがいいだけではなく、肉ひだが男根にからみつき、奥へ奥へと引きずりこもうとする。突いても、突いても、まだまだ奥まで行けそうな気がする。

「はぁあああああーっ！　はぁああああああーっ！」

いつもとの違いを感じているのは、私だけではないようだった。妻は長い黒髪を振り乱し、ひいひいと喉を絞ってよがり泣いていた。四つん這いでよがる妻の姿は、この世のものとは思えないくらい、いやらしかった。まさしく発情した獣の牝なのに、顔だけはどこまでも美しい。類《たぐ》い稀《まれ》な美貌を喜悦に歪ませ、私の送りこむリズムに翻弄されている。肉の悦びに溺れていく。

「イッ、イッちゃうっ……イッちゃうイッちゃうっ……」

震える声で口走ったので、

「いやらしいなっ！」

私は反射的に、スパーンッと尻丘を叩いた。

「ひいいっ！」

「いったいどこまで、ドスケベな淫乱なんだ。澄ました顔して、ここまでいやらしい女だとは思わなかった。少しはイクのを我慢したらどうだ。先にイッたら許さないからなっ！」

私は怒声をあげ、スパーンッ、スパパーンッ、と左右の尻丘を打ちのめす。そうしつつ、思いきり腰を振りたてる。鋼鉄のように硬くなった男根で、しとどに濡れた蜜壺を穿つ。

「ひいいいっ！　ひいいいーっ！」

もはやほとんど修羅場だった。性器を繋げた一対の男女が、真っ赤な顔をして燃え盛っている。怒声と悲鳴が交互にあがり、打擲音が空気を切り裂く。呼吸音が限界を超えてはずんでいく。

私は取《と》り憑《つ》かれたように妻の尻を叩き、妻は悲鳴をあげながらも決して逃げようとしない。むしろ尻を押しつけてくる。もっと叩いてとねだるように……。

妻も気づいているようだった。

尻を叩くと、衝撃で蜜壺がキュッと締まるのだ。結合感があがって鮮烈な快楽を得られるのは、男ばかりではないはずだった。尻を叩くほどに、妻は手放しでよがり泣く。痛みや屈辱よりずっと強く、蜜壺がキュッと締まる快感に翻弄され、欲望の修羅と化していく。

「ああっ、イカせてっ！　もうイカせてえええっ……」

「ダメだっ！　我慢するんだっ！　我慢をっ……」

スパーンッ、スパパーンッ、と尻を叩きつつ、私は怒濤《どとう》の連打を打ちこんでいった。スパンキングの衝撃に加え、オルガスムスに近づいている蜜壺の紋まりは尋常ではなく、眼も眩《くら》むような密着感が訪れる。あふれた愛液が陰毛を濡らし、玉袋の裏まで垂れてくる。

「もうダメッ！　もうダメようっ！」

妻がちぎれんばかりに首を振った。

「もうイクッ！　イッちゃうっ！　イクイクイクイクイクッ……」

「待てっ！　待つんだっ！」

私にも限界が訪れていた。

「こっちも出すっ……こっちもっ……おおおううう━っ！」

雄叫《おたけ》びをあげ、最後の一打をずんっと打ちこむと、

「はっ、はぁおおおおおおおおーっ！」

妻はくびれた腰を、ビクンッ、ビクンッ、と跳ねさせた。オルガスムスに達したのだ。私はその腰にしがみつくようにして、射精をした。ドクンッ、ドクンッ、と続けざまに発作が起こり、男根の芯に灼熱《しゃくねつ》が走り抜けていく。男の精が、煮えたぎるように熱かった。それを吐きだすたびに、痺《しび》れるような快感が五体を揺すり、歓喜の涙が眼尻を濡らす。

「おおおおっ……おおおおおおっ……」

「あああああっ……はぁあああああっ……」

喜悦に歪んだ声をからめあわせて、私たちは身をよじりあった。頭の中を真っ白にして、ただ夢中で、恍惚《こうこつ》を分かちあっていた。

第三章　私の浮気

1

いつもの時間に眼を覚ました。

ベッドから抜けだしてキッチンに向かうと、ごはんの炊けるいい匂いがした。本日も炊飯器はタイマー通りに作動してくれたようだ。味噌汁《みそしる》をつくるために、鍋に水を張って湯を沸かす。

料理は専業主夫の腕の見せどころだが、朝食はパターンが決まっている。変わったものを出すと、一日のペースが乱れるらしい。

ごはんに味噌汁、漬物、焼き海苔《のり》、煮物の小鉢、メインのおかずは卵料理だ。今朝はベーコンエッグにすることにして、付け合わせのキャベツを刻みはじめる。

いつもと変わらない日常だった。

テーブルに料理を並べ、まぶしい朝日が窓から差しこんでくるころになると、寝室の扉がゆっくりと開く。

「おはようございます」

白いシルクのパジャマを着た妻が、寝ぼけまなこで登場した。タイトスーツにハイヒールでいるときは気品漂うキャリアウーマンでも、寝起きの姿は可愛《かわい》らしい。

「おはようございます」

私は料理をしながら、声をかける。本当は近くに寄って、まじまじと寝起きの顔を眺めたい。それこそが夫である特権だからだ。健やかなるときも病めるときも、キメキメのときも寝起きのときも、妻を愛するのは義務ですらある。

「お茶、淹《い》れますか?」

テーブルに着いた妻に声をかけると、

「お願いします」

笑顔でうなずかれた。素顔がまぶしかった。三十代半ばになって、すっぴんでここまで美しいのはギネス級ではないだろうか。私は鼓動を乱しながら、昨日買い求めてきたばかりのおいしい新茶を淹れてあげた。

私たち夫婦が日常を取り戻して、ひと月ほどが経《た》っていた。桜の花が咲き、それが散って、いまは葉桜の季節。もう少しで、私が一年でいちばん好きな初夏が訪れようとしている。

別れるつもりだった。

今度こそ離婚しかないと心に決め、最後に一度だけ、彼女を好きなように抱こうと思った。

実際にそうした。私は私ではないような激しいやり方で妻を抱き、眼も眩《くら》むような恍惚《こうこつ》を分かちあった。

すべてが終わったあと、私たちはしばらくの間、玄関ホールに倒れていた。呼吸を整える以外のことはなにもできず、私に関して言えば、意識すらどこかに飛んでいたような気がする。

生涯最高と断言してもいい、会心の射精だった。

妻を抱くときはいつも、正気を失うくらい興奮しているし、終わったあとの満足感も高い。男に生まれてきたこと、妻と出会えたこと、妻と愛しあえるようになったこと……運命に感謝しながら彼女と寄り添い、綺麗《きれい》な長い黒髪を撫《な》でているとき、私はこのうえなく幸福だった。これ以上素晴らしいセックスなどあるはずがない、と胸底でつぶやいていた。

だが、あったのだ。玄関ホールの姿見の前で妻を四つん這《ば》いにし、尻を叩《たた》きながら遂げた射精は、それまでの夫婦生活の比ではなかった。腰を振っているときの愉悦も気が遠くなりそうだったが、射精に達したときの爆発的な快感は筆舌に尽くしがたい。

もちろん、最後だからということもあっただろう。あれほど愛し抜いた女に、リミッターをはずして挑みかかったのである。いつも以上の快感が得られて当然かもしれないが、それにしても想像を遥《はる》かに超えていた。

ようやく呼吸が整い、朦朧《もうろう》とした意識がはっきりしてきたときだった。

「……お世話になりました」

妻が床に正座して深々と頭をさげてきた。

「ふつつかな嫁でごめんなさい。いっぱい傷つけてごめんなさい。惣一郎さんにはもっと相応《ふさわ》しい人がいると思うから、幸せになってください」

立ちあがろうとした妻の腰に、私はしがみついた。

「待ってくれ……」

意識ははっきりしていたが、頭の中は混乱していた。心は千々《ちぢ》に乱れていた。

「本当に……出ていくつもりかい？」

妻が困惑した顔を向けてくる。最後のセックスが終わったら出ていけと言ったのは、他ならぬ私だったからだ。

「撤回する」

私の言葉に、妻は息を呑《の》んだ。

「希和子さんが反省して、二度と浮気をしないって約束するなら、今回のことはなかったことにしようじゃないか」

正直に言えば、愛でも情でもなかった。いまのようなセックスが二度とできないと思うと、恐怖がこみあげてきた。この女を離してはならないと、頭ではなく、心でもなく、本能が叫んでいた。

「……本当に？」

妻が訝《いぶか》しげに見つめてくる。その美しい顔にはまだオルガスムスの余韻が生々しく残っていて、いつにも増して色っぽかった。

「……本当です」

私が力強くうなずくと、妻は私の胸に飛びこんできた。「ごめんなさい、ごめんなさい」と言いながら泣きじゃくった。私も泣いていた。声をあげて号泣した。

情けなかった。

今回の妻の不始末は、決して許されるものではない。こんなに簡単に許してしまったら、夫婦の根幹である信頼関係が成り立たない。それでも、どうしても手放す気にはなれなかった。あれほど素晴らしいセックスができる相手など、彼女の他にいるわけがないからだ。

セックスを甘く見たり、馬鹿にしてはいけない。浮気をしようがなにをしようが、希和子はこの世でただひとり、私に男に生まれてきた悦《よろこ》びを与えてくれる女なのだった。

さすがに妻も深く反省してくれたようで、翌日から定時に会社を退《ひ》けて帰ってくるようになった。残業がある日は、自宅のダイニングテーブルにノートパソコンをひろげてやっていた。少し救われた。妻が仕事をしている姿を横眼で眺めながら、私は洗い物や料理の仕込みをしていた。コーヒーを淹れてあげたり、夜食をつくってあげるたびに、このうえない幸福感を噛《か》みしめた。

夫婦生活は日課に戻った。

自宅に仕事を持ち帰ってきたときでも、十二時前にはベッドに入り、愛を確かめあってから眠りについた。

最初の浮気が発覚したあともそうだったが、セックスが異様によくなった。とくに今回は、それまでNGだった行為が解禁される結果になったので、よけいにそうだった。クンニリングス、シックスナイン、バックスタイル。これらが自由に行えるようになったことで、私の興奮は高まり、妻の快感は深まった。

中でもバックスタイルの解禁は大きかった。後ろから挿入したほうが、お互いの性器の関係で、収まりがよく、気持ちいいのだ。

「ああっ、突いてっ！　もっと突いてええええっ……」

あれほど嫌がっていたはずの体位で、妻はよがりによがった。四つん這いでも立ちバックでも、取《と》り憑《つ》かれたようにそればかりしていた。さらに、最初はバックで結合し、その後に正常位や騎乗位に体位を変えると、これもまた中であたるところが変わって、深い快感を得られることに気がついた。閨房《けいぼう》は男と女の熱狂を孕《はら》み、明け方近くまで腰を振りあっていることさえあった。

幸せだった。

と同時に、もしあのまま別れてしまっていたらと思うと、ゾッとした。戦慄がこみあげてくることを禁じ得なかった。

希和子のいない人生など、私には考えられなかった。彼女があのまま家を出ていっていたとしたら、私はいまごろ生きてはいなかっただろう。生きる気力をなくして家から出られず、そのうちベッドからも起きあがれなくなって、孤独のうちに餓死でもしていたに違いない。

2

私の機嫌は上々だった。

妻との関係が日に日に良好になっていくことに加えて、懐が暖かかったからだ。

浮気が発覚した翌日のことである。

妻を会社に送りだしたあと、意外な訪問者があった。

佐谷だった。

弁護士を伴ってやってきて、玄関先で土下座した。芝居がかったその態度に、私は思いきり鼻白《はなじろ》んだが、しかたなく家の中に通した。二度と妻とは会いませんと言い、その旨をしたためた覚え書きをひろげ、これは慰謝料ですと言って、百万円の入った封筒まで差しだしてきた。

「いえ、結構ですから……」

私はきっぱりと受けとることを拒否した。妻がこの男に調教されていた事実など、一日も早く忘れてしまいたかったからだ。できることなら、なかったことにしてしまいたい。

佐谷はあわてふためき、弁護士と眼を見合わせて、さらにもうひとつ、封筒を差しだしてきた。その中にも百万円が入っていた。合計二百万円で勘弁してくれという話らしい。

私の左頬は、まだ無残に腫れていた。一夜明けて、異様な紫色になっていた。佐谷に殴られた痕だった。妻が見知らぬ男とラブホテルに入ろうとしたところを見つけ、妻の肩をつかんでいて殴られたのだ。佐谷はストーカーと勘違いしたと言い訳したが、勘違いもへったくれもない。刑事告訴も充分にできるし、不倫の件と併せて民事で訴訟を起こせば、二百万以上の慰謝料を取れることは間違いなかった。佐谷としては、金の問題以上に、事が表沙汰になることを恐れていた。彼にも家庭があるのである。

「ご立腹はごもっともですが、ここはひとつ、お互いの傷をこれ以上ひろげない方向で解決したほうがよろしいと思います。裁判ということになりますと、奥様のほうにもご負担がかかりますから……」

老獪《ろうかい》な弁護士に説得され、私は渋々金を受けとることにした。たしかに裁判になると、妻の立場も悪くなる。クライアントとの不倫の関係が明るみに出れば、仕事に支障を来《きた》してもおかしくない。噂《うわさ》には尾ひれがつくものだから、誹謗《ひぼう》中傷の的になる。あるいは佐谷の妻が、希和子に対して訴訟を起こすという、泥沼の展開もあり得るかもしれないだ。

私は妻に、佐谷が家にやってきたことを黙っていることにした。彼女は佐谷と二度と関わらないと約束してくれたし、万が一、次に仕事のオファーが来ても断るつもりだと言っていた。ならば、よけいな報告して、耳の毒になってもいけない。

決して二百万の金をくすねようと思ったわけではない。

私はその金で、妻と旅行に行く計画を立てはじめた。仕事があるのですぐには無理だろうが、いまから準備すれば夏のバカンスにはまとまった休みがとれるのではないか。ハネムーンにも行っていないのだから、それくらいのことをしてもバチは当たらないだろう。

旅行に行くのなら、少なくとも一週間は行っていたい。

場所は南の島がいい。モルジブあたりの水上コテージに滞在し、日がな一日セックスばかりしているのだ。昼は青い海を眺めながら、夜は満天の星の下で潮騒《しおさい》を聞きながら、妻を抱く……というのが第一希望だが、最終的にはきっと、妻の顔色をうかがってヨーロッパあたりになるような気がした。

妻は南の島より、歴史のある街並みが好きなのだ。どうせ海外に行くのなら、カフェ巡りをしたり、美術館に行ったりしたがるだろう。それもまたよしだと私は思っている。パリでもミラノでもロンドンでも、妻より美しい女はざらにはいないだろうから、私は絶世の美女を連れた男として、どこに行っても羨望のまなざしを向けられるに違いない。

金の出所は、独身時代に貯《た》めたへそくりだと言えばいい。実際、それくらいの貯金はあるし、結婚式やハネムーンの足しにしようとしていたことを、妻は知っている。それを使って仲直り記念の旅に出ようと誘えば、妻だって反対はしないはずだ。

午前中に家事のルーティンワークを終え、昼食をとったあとは、のんびりネットサーフィンをして、旅行の計画を練るのが最近の私の日課になっていた。漠然と旅行に誘うよりは、A案B案C案と、いずれ劣らぬプランを提示し、妻の気持ちをときめかせてやりたい。

古い友人の稲葉《いなば》朋行《ともゆき》から連絡が入ったのは、そんなときだった。

滅多に鳴らない携帯電話が鳴り、滅多に表示されない彼の名前が表示され、私は驚きながら電話に出た。

「やあ、久しぶり」

稲葉の口調は軽快だった。話をするのは二、三年ぶりなのに、そんな感じはまったくしない。

「聞いたよ。専業主夫をしてるんだって？　キミもなかなか時代の最先端を突っ走ってるね」

「いったいどうしたんだい。こんな真っ昼間に電話してきて」

「専業主夫に電話をするのは、昼間のほうがいいと思ったのさ。違うかい？」

「いや、まあ……そうかもな」

結婚して以来、私はめっきり人付き合いが悪くなった。一刻も早く妻との愛の巣に帰りたかったので、飲みの誘いを片っ端から断るようになったのだ。まあ、よくある話だろう。

専業主夫になってからは時間に余裕ができたけれど、暇をもてあましているのは昼間だった。普通の人間は仕事をしている時間だ。同じような専業主夫仲間でもいれば、誘いあわせてランチにでも行ったかもしれないが、あいにくそんな知りあいはいない。

「ひとつ、頼みがあって電話したんだ……」

稲葉は声音をあらためて言った。

「なんだい？」

「僕はいま、カルチャーセンターの企画部で仕事をしているんだが……」

よく仕事を変える男だった。私が知っているだけで、七、八回は転職している。にもかかわらず、どの職場でも重宝がられて、それなりのポジションに収まっている。

「パソコン教室の講師がひとり、急に都合が悪くなってしまったんだよ。その代役を探してて……あーっと、難しい仕事じゃない。客はほとんどジイさんバアさんばかりで、パソコン操作のイロハのイを教えればいいだけなんだ。はっきり言って、やり甲斐《がい》はそれほどない。だが、ジイさんバアさんはわけのわからない未知の機械を前に、どうしていいかわからなくてとても困っている。人助けみたいなものだ。引き受けてくれれば、僕も助かる」

「パソコン教室ねえ……」

ショップ定員だったころ、デモンストレーターのようなことはよくやっていた。専門的なソフトを扱うのでなければ、なんとかなるだろう。一回二時間を週に二回、期間は三カ月間ということなので、時間的にも難しい話ではなく、やってみようかと私は思った。

なにより、少しは外に出たほうが、気晴らしができると思った。

専業主夫になり、ひとりで家の中に閉じこもっているようになってから、いささか性格が内向きになりすぎている嫌いがある。元から内向的なところはあったものの、妻を愛するあまり、神経が過敏になりすぎ、被害妄想気味になっているような気がする。ネガティブ思考のスパイラルに落ちこまないためにも、パート的に少し働くのは悪くないのではないか。

「まあ、俺の一存じゃ決められないから、妻に相談させてもらうよ」

「主夫らしい答えだな。引き受けてくれるなら、一杯ご馳走《ちそう》しよう」

「夜はダメなんだ。ご馳走ならランチにしてくれ」

「ますます主夫らしい返しだね。シロガネーゼ御用達のパンケーキの店でも調べておこうか」

稲葉が言うと、ふたりで大笑いになった。

電話を切ってから、意外なほど元気になっている自分に、少し驚いた。たいした話をしたわけでもないのに、気持ちが軽い。気の置けない相手としゃべるのは、これほどまでにストレス解消になるものなのか……。

いや、それ以上に、頼られていることが嬉《うれ》しかったのかもしれない。向こうにしてみれば、急な頼みをきいてくれ、安く使えそうな相手が私なのかもしれないけれど、思いだしてくれただけでありがたい気がするのはどういうわけだろう。

やはり、家の中に閉じこもってばかりいないで、外の世界と接触しろということのようだった。

妻に相談すると、ふたつ返事で快諾してくれたので、私は稲葉に連絡し、話を受けることにした。

3

何事にも想定外ということがある。

パソコン教室の生徒たちは全部で十人、そのほとんどが稲葉の言った通り還暦を過ぎたお年寄りだったが、ひとりだけ若い女の子がまぎれていた。パソコンに対する知識はまわりと大差なかったので、いること自体は間違っていないのだが、教壇から眺めていると、彼女だけがひどく浮いていた。

花井小春《はないこはる》という名前だった。

エントリーシートによれば二十七歳ということだが、二十歳《はたち》そこそこに見える。小柄で童顔、黒髪のショートカット、猫のように大きな眼と、可愛らしい容姿をしているからかもしれない。なんだかあどけなさすら感じるほどで、服装もピンク系統の少女じみたものが多かったから、なおさら若く見えるのだ。

気になる存在だった。

他の生徒たちは、生徒と言えども私の倍近く生きている人生の大先輩ばかりなので、いささか態度が横柄だったり、理解できないことに居直ったり、そういうことがよくあった。パソコン教室など外出の口実で、実際には暇つぶしにきているだけという人もいて、そういうタイプは私が説明しているときでも、私語をやめようとしなかった。

花井小春だけは、まったく毛色が違った。私の説明を誰よりも一生懸命聞いているし、熱心にメモもとっている。優等生的態度と言っていいのに、やらせてみるとできない。できないことに落ちこみ、申し訳なさそうにもじもじする。泣きだしてしまうのではないかと焦ったことも、一度や二度ではない。

「若いのに、いままでパソコンに触れる機会はなかったですか？」

と訊《たず》ねてみると、真っ赤になってうなずいた。いろいろと深い事情がありそうだった。家庭環境とか、学校に馴染《なじ》めなかったとか……もちろん、それを詮索するのはカルチャーセンターの講師の仕事ではない。パソコンが使えるようにしてあげればいいだけだ。

とはいえ、エントリーシートによれば、花井小春の目標は、パソコン操作を覚えて就職活動に活《い》かすことだった。それは難しいだろうな、と思った。

稲葉が私に示したその講座の目標は、パソコンに対する苦手意識を払拭し、ネットで買い物ができるようになり、フィッシング詐欺やウイルス感染などのトラブルに巻きこまれないような知識を与えることだった。

「あとはまあ、写真をファイルしたり、年賀状をつくったり、ユーチューブで動画を見られるようになったりさ。パソコンっていう魔法の箱が、生活に潤いを与える道具だって理解してもらいたいわけだよ」

就職に役立つスキルを得るためには、そこから先の道のりがかなり長い。シャットダウンの仕方もわからないいまの地点からスタートするなら、みっちり勉強しても一年くらいかかるのではないだろうか。

もちろん、それを指摘することもまた、カルチャーセンターの講師の仕事ではないので、私はなにも言わなかった。ただ、気になってしようがなかった。実際にはなにもできなくても、見るからに世渡りが下手《へた》そうな彼女の力になってあげたかった。

パソコン教室の講師になって、ひと月ほどが過ぎたある日のことだった。

雨模様の日が続いていた。数日のうちに梅雨《つゆ》入り宣言が出されそうだったが、私は傘を持っていなかった。出がけは小雨が降ったりやんだりだったせいもある。なにより、大好きな初夏が足早に過ぎ去っていきそうなことに、抵抗したい気分だった。

抵抗虚《むな》しく、帰り際になると本降りになっていて、私は雨に濡《ぬ》れながら駅まで歩かなければならなかった。稲葉に言えば傘くらい借りられただろうが、ほとんど意地になっていた。

「先生……」

後ろから声をかけられ、傘に入れられた。

花井小春だった。

「風邪《かぜ》をひいてしまいますよ」

「ああ……」

私は一瞬、呆気《あっけ》にとられてしまった。小春が必死に背伸びをしながら、傘を持っていたからだ。パソコン教室では座っているので気づかなかったが、思った以上に小柄だった。身長一五〇センチないのではないだろうか。

「僕が持ちましょうか？」

「そうしてくれると……助かります……」

もじもじと恥ずかしそうにしている小春から傘を受けとり、肩を並べて歩きだした。駅までの道のりは五分ほどなのに、やけに長く感じた。

会話がなく、お互いに押し黙ったまま歩いていたからだ。

小春はなにか言いたそうな顔をしていたが、言葉が口から出てこないようだった。

駅前に出ると、洒落《しゃれ》たカフェが眼にとまった。時刻は午後三時。家路を急ぐ必要もない。

「よかったら、お茶でも飲んでいきませんか？」

私は思いきって誘ってみた。

「傘に入れていただいたお礼に、ご馳走しますから」

「えっ？　でも……」

「このあとなにか用事がありますか?」

「それは……ありませんけど……」

「じゃあ、ちょっとだけ行きましょう」

私は半ば強引に小春を誘い、カフェに入った。自分で自分に驚いていた。私は女性を気軽にお茶に誘えるような、そういうタイプの人間ではない。なのにどういうわけか、小春が相手だと自然に誘えたのである。

「パンケーキがおいしそうだね」

メニューを見て言った。

「頭を使ったあとは、甘い物食べたほうがいいみたいですよ」

そんな台詞《せりふ》も、普段の私なら言うことはないのに、笑顔で言っている。

小春は戸惑いながらパンケーキを注文し、それが運ばれてくると、やはり戸惑いながら頬張って、

「おいしいです……」

上目遣いで言った。卑屈と言えば卑屈なのだが、不快な感じはしなかった。逆に保護欲を誘ってくる。実年齢よりずっと若く見える童顔のせいかもしれないし、小柄なせいかもしれない。守ってあげたくなるような脆弱《ぜいじゃく》ななにかが、彼女にはたし

かにあった。

「パソコン、覚えられそう?」

私はコーヒーを飲みながら訊ねた。

「わたし、要領悪いから……」

小春は溜息《ためいき》まじりに答えた。

「いまの調子じゃ、一年習っても難しそうですよね……」

自覚はあるのだ、と私は胸底でつぶやいた。

「就職活動に活かしたいんですよね?」

「はい」

「それだとたしかに難しいかもしれません。うちの教室はパソコンに慣れることを第一目標にしている、超初心者向けなコースですから。就職するためにはソフトの使い方も覚えなきゃいけないし、ブラインドタッチだってできたほうがいいし」

「……ですよね」

小春は力なく言い、

「もう、就職なんて諦めて、花嫁修業でもしたほうがいいんでしょうか?」

自嘲気味に笑った。

「花嫁になるあてはあるの？」

「はい」

意外なことに、きっぱりとうなずいた。

「向こうは専業主婦になってほしいみたいなんですけど、わたし……家事もすごく苦手なんです。掃除をすれば、四角い部屋を丸く掃くって叱られるし、お料理だって……だから、共働きにすれば家事も分担制にできると思って、パソコン教室に申し込んでみたんですけど……」

そちらはそちらで前途多難で、八方塞がりということらしい。

「老婆心ながら忠告しますけど……」

私はつい、よけいなことを言ってしまった。

「いまのあなたがパソコンを使えるようになって就職試験に合格するより、家事ができるようになるほうがずっと簡単なんじゃないでしょうか」

「先生……」

上目遣いで睨《にら》まれた。

「家事なんてしたことあるんですか？」

「あるある」

私は笑った。

「なにを隠そう、僕の本業は専業主夫なんです。妻が外で働いていて、家のことはいっさい任されている。世間とはあべこべでいささか肩身が狭いですけど、僕自身はとても気に入ってましてね。パソコン教室の講師は、古い友人から頼まれて少し手伝ってるだけで、まあ、言ってみれば主夫のパートです」

「……そうだったんですか」

小春の顔がにわかに明るくなった。

「専業主夫って話には聞きますけど、本当にいるんですね。なんか……尊敬しちゃいます」

「ハハッ、尊敬されるほどのものじゃないですよ。女の専業主婦なら、たくさんいるものね。彼女たちとやってることは同じだから」

「でも、わたし、全然できないし……」

「料理と洗濯と掃除、どれがいちばん苦手なんだろう?」

「……全部」

小春はポツリと言い、泣き笑いのような顔になった。

「とくに料理は最悪に近いっていうか……人につくってあげて、おいしいって言われたことがないっていうか……自分でもそう思うし……コンビニのお弁当のほうが、ずっとおいしい……」

「家の食卓にコンビニ弁当を出すようじゃ、たしかに素敵な奥さんにはなれないかもしれませんねえ」

私は冗談で言ったつもりだったが、小春の眼に涙が浮かんできたので、焦ってしまった。

4

珍しくあわただしい朝だった。

「希和子さん、もうタクシー来てますよ」

「わかってます！」

妻はリビングと玄関を何度も行き来し、息をはずませている。

「パスポート持ちましたか？　忘れたらシャレにならないですよ」

「やだ、もうっ！」

履きかけていた靴を脱ぎ捨て、妻は早足でリビングに戻っていく、その背中を眺めながら、私はやれやれと溜息をついた。何事もクールにそつなくこなす妻にも、苦手なことがあるらしい。

旅行の準備だ。一週間前に急遽《きゅうきょ》決まった出張なので致し方ないところもあるが、ゆうべから準備に追われて大騒ぎしている。

私は先に玄関を出て、妻の荷物をタクシーのトランクに載せた、

「ごめんなさい……」

肩で息をしながら、妻が追いかけてくる。

「じゃあ、行ってきます」

「気をつけて」

「おみやげ、期待しててください」

「仕事なんだから、そんなこと気にしなくていいです」

妻をうながし、タクシーに乗せた。ウインドウ越しに手を振ってくる姿に、悲愴感が漂っていた。いろいろと不安があるのだろう。初の海外での仕事、シンガポールに四泊五日。会社を躍進させるチャンスであると同時に、プレッシャーもあるに違いない。

妻の乗ったタクシーを見送り、私は家に戻った。

これから四泊五日、私はひとりで過ごさなければならない。妻が帰ってこないのなら、気合いを入れて家事をする必要もないから、専業主夫は開店休業。ぽっかり時間が空いてしまった。

思いがけず訪れた休日もどきを、私はあることに使うことにした。

小春である。

彼女とは、傘に入れてもらったあの日以来、パソコン教室の帰りに一緒にお茶を飲むことが恒例になっていた。

「実はね、来週、妻が海外出張に行くことになりまして」

「すごいですね。憧れちゃいます」

「で、うちには僕しかいなくなるから、もしよかったら……家事のコツを教えてあげましょうか?」

「えっ……」

「パソコンよりも、そっちの腕をあげるほうが簡単ですからね。それに僕も、実は家事のほうが自信がある」

小春は少し迷っていたが、最終的には私の提案を受けいれ、私の家に家事を学びにくることになった。言い方を変えれば、花嫁修業である。なんだか感慨深いものがあった。専業主夫は日陰の立場になりがちである。しかし、場合によっては人の役に立てるということが、なんだが無性に嬉しかった。

約束の正午ぴったりに、呼び鈴が鳴った。

梅雨の谷間の晴れた日だった。小春はいつも通りピンク色のワンピースを着て、はにかみながら現れた。

「ホントに図々しく来ちゃいました。ご迷惑じゃなかったですか？」

「僕から誘ったんじゃないですか。遠慮することはありません」

とはいえ、家の中に通すときは、やはりいささか胸が痛んだ。小春を家に呼ぶことを、妻には知らせていない。ここは妻との愛の巣であり、彼女が留守のときに他の女をあげていいものかどうか、罪悪感が疼《うず》かなかったわけではない。

私は小春がやってくる前に、ターコイズブルーのソファを焦げ茶色のシーツで覆ってピンで留めた。その鮮やかな色が眼に入るとどうしても妻のことを思いだしてしまうし、この部屋で若い女とふたりきりでいるところを妻が偏愛しているソファに見せたくもなかった。

しかし、なにも悪いことをするわけではないのだ。むしろ人助けのためなのだと自分に言い聞かせながら、まずは料理から指導することにした。

小春はフリルのついた白いエプロンを用意してきていた。この日のために新調したらしい。それを着けると普段以上に可愛らしく、新妻のようなほのかな色香まで漂ってきて、私はドギマギしてしまった。

「ちょっとこれを刻んでみてもらえますか?」

包丁とまな板を用意し、青ネギを渡した。小春は刻んだ。予想通り、包丁の使い方がかなり危なっかしい。

「わかりました。じゃあ、とりあえず包丁を使わない料理から伝授しましょう」

「そんなことできるんですか?」

「意外においしいんですよ」

私がつくったのは、チャーハンだ。鮭《さけ》フレーク、溶き卵、青ネギはハサミで切る。包丁は使わない。

「……おいしい」

味見した小春は眼を丸くした。

「ハサミがポイントですね。台所用にひとつ買って、ハサミで切れるものは切るようにすれば、包丁をなるべく使わなくてすみます」

もちろん、いずれは包丁を使えるようになったほうがいいが、まずは料理の楽しさを味わってほしい。

次にスパゲティ・ペペロンチーノをつくった。にんにくを手で潰せば、これも包丁を使わなくてすむ。ガーリックオイルをつくるコツは、弱火でじっくり炒めることだ。それさえできれば、トマト缶を使ってトマトソースに応用することもできる。

「どう？　すごく簡単でしょう？」

「はい」

小春が笑顔で答える。彼女が手放しで笑った顔を、私はこのとき初めて見た。いつも下を向いてもじもじしているイメージしかなかったが、元が可愛いので笑うとたまらなくチャーミングだった。

「じゃあ、少し休憩して、つくった料理を食べましょう」

テーブルに移動し、チャーハンとスパゲティを半分ずつシェアして食べた。久しぶりにつくったが、我ながらいい出来映えだった。こういった手抜き料理は独身時代に覚えたもので、専業主夫の料理としてはいささかシンプルすぎるが、なにごとにも最初の一歩はある。包丁もろくに使えない彼女が、さっとこういう皿を出せば、パートナーだって驚くに違いない。

「あとは相手の好みですね」

私は訊ねた。

「彼氏はどういう食べ物が好きなのかしら?」

「ええーっと……」

小春は大きな黒眼をくるりとまわした。

「ハンバーグ」

「なるほど。あとは?」

「マカロニグラタンにチキンガーリックステーキ」

「グラタンはけっこう難しいですよ」

「ごめんなさい」

「えっ?」

「いまわたし、自分が食べたいもの言っちゃいました」

一瞬の間ののち、眼を見合わせて笑った。少し天然っぽい彼女とのやりとりが、私にはとても楽しかった。学生時代に戻った気分とでも言えばいいだろうか。下心なしで付き合える女友達に、私は飢えていたのかもしれない。

「訊《き》いてもいいかな。彼氏ってどんな人なんだい?」

「えっ……」

小春の顔がにわかに曇った。

「花嫁修業がうまくいけば、その人のところに永久就職するつもりなんでしょ?」

「それは……」

「教えてくれたっていいじゃないですか。うまくいくよう協力しますから」

小春は押し黙ってしまった。皿に残った料理を急いで平らげ、

「片付けます」

と席を立った。

私は戸惑った。なんだか気分を害してしまったようだが、理由がわからない。あまり立ち入ったことを訊かないほうがいいのだろうか?

私も席を立ち、キッチンに向かった。流しで洗い物をしている小春の横顔は険しかった。頬をふくらませ、唇を尖《とが》らせている。

「なんか怒ってます?」

私は頭をかきながら言った。

「悪いこと、言ったかな?」

小春は答えない。黙々と皿を洗い、自分の分を洗い終えると、テーブルから私の使った皿を持ってきて洗いはじめた。

「……先生の意地悪」

横顔を向けたまま言った。

「わたし、彼氏なんていません」

「えっ……」

「ちょっと見栄《みえ》を張っていただけなのに、しつこく訊くなんてひどいです」

「み、見栄だったの……」

私は苦笑しようとしたが、できなかった。小春の横顔が、あまりにせつなげで、いまにも泣きだしてしまいそうだったからだ。

「わたしなんて……ホントは誰にも相手にされない引きこもりなんです……なんとか引きこもりから脱出できるよう、親にパソコン教室に送りこまれたダメ人間なんです……」

洟《はな》をすすり、手の甲でこする。蛙《かえる》を彷彿《ほうふつ》とさせるやや低めの可愛い鼻に、洗剤の白い泡がつく。

「パソコンもできないし、家事もできないし、すごい人見知りのダメ人間……彼氏なんてできるわけないいんですよ……でも……でも先生とは、不思議と普通に話せたから……舞いあがっておうちまで来ちゃいましたけど……」

しゃくりあげそうになったので、

「ダメ人間なんて言わないでください」

私は手を伸ばし、小春の鼻の頭についた泡を拭った。小春が驚いた顔でこちらを見る。水が流れる音だけが、やけにうるさく耳に届く。

「キミは全然、ダメじゃない。僕はそう思います。ダメじゃないって思う人間がひとりでもいれば、キミは絶対にダメじゃない」

小春の眼が泳ぐ。ふっくらした双頰《そうきょう》が、ほのかなピンクに染まっていく。

不意に女を感じた。

小柄な小春はまるで少女のようで、女を感じることなどあり得ないと思っていた。なのに感じる。

安っぽいピンク色のワンピースに包まれた体から、驚くほどの女の匂いを漂わせて、私の本能を揺さぶってくる。

5

「ダメですよ……」

寝室に引っぱりこむと、小春はいやいやと首を振った。

「先生には奥さんが……いるじゃないですか……」

「今日は帰ってきません」

私は小春を抱きしめた。腕の中に収めると、見た目以上に小さな体だった。

「四泊五日、シンガポールに出張なんです」

「でも……」

「いいじゃないか」

私は抱擁を強め、小春の顔をのぞきこんだ。強い眼で見つめ返される。浮気はダメだと訴えている。だが、私の心は天邪鬼《あまのじゃく》で、小春にそんな眼で見つめられるほどに、後戻りできなくなっていく。

唇を奪いにかかった。

小春は顔を振って抵抗しようとしたが、私は逃《のが》さなかった。頬にキスしながら、次第に唇に近づいていく。舌を伸ばして、小春の唇を舐める。

いったいなにをやっているのだろう？　私は内心でひどく焦っていた。妻のいない隙に家事を教える口実で女を家に招き入れ、無理やり体を奪おうとするなんて……。

最低の中年オヤジではないか。いつから自分は、そんな恥知らずな人間になってしまったのか。

「……好きなんだ」

唇を追いかけるのをやめて、ささやいた。

「最初に会ったときから、ずっと気になる存在だった……」

小春が息を呑んで見つめてくる。

「……ダメかい？」

私は小春の眼をのぞきこんだ。大きな黒眼がせわしなく動いて、躊躇《ためら》いが伝わってくる。だが、本気で拒んでいるわけではない。それはわかる。悲鳴をあげたり突き飛ばしたり、そういうことはしてこない。

「先生には……」

眼をそらして言った。

「奥さんがいるじゃないですか……」

私は言葉を返せない。たしかにそうだ。妻がいる身で若い女に迫るなんて、男の風上にも置けない外道な振る舞いだ。しかし、もう後には退けない。小春の小さな体を抱いている腕を、離してしまう気にはなれない。

「だから……一回だけなら……」

蚊の鳴くような声で、小春は言った。

「一回だけって、約束してくれますか？」

「ああ……」

うなずきながら、私はアドレナリンがすさまじい勢いで分泌されていくのを感じていた。一回だけ――それは私にとってもこれ以上なく好都合な条件だった。なにも泥沼の不倫に嵌《は》まりたいわけではなく、保護欲をそそってしかたがない小春と、ほんのひととき、深い仲になりたいだけなのだ。

小春を見た。小春も見つめ返してくる。その顔に浮かんでいるのは、諦観《ていかん》だけではないように見えた。私に迫られたからしかたなく応じるという以上に、感情が動いているようだった。

吸い寄せられるように、お互いの唇が重なっていく。

小春の唇はまるでサクランボのような感触がした。私はすかさず舌を差しだし、小春の口の中に侵入していった。小春はぎこちなく口を開いた。初々しさを感じながら、私はじっくりと舌をからめあった。

そうしつつ体をまさぐっていく。白いエプロンをはずし、ピンクのワンピースのホックをはずす。ファスナーをおろせば、すぐに素肌だった。果物の薄皮を剝《む》くようにワンピースを脱がせば、白い下着が露《あら》わになった。

清潔なヌードだった。

穢《けが》れを知らない感じがした。

と同時に、驚くほどの色香が漂ってきた。白い下着は少女じみた印象を与えるけれど、レースやフリルをふんだんに使った女らしいデザインだった。それに加え、スタイルがそそった。小柄にもかかわらず、意外なほどメリハリが効いている。胸のふくらみは控えめだが、腰はくびれてヒップはボリューム満点。太腿《ふともも》は逞《たくま》しいほど量感があり、見るからに弾力がありそうだ。

「そんなに見ないでください……」

身をすくめた小春を、ベッドにうながす。普段、妻と一緒に寝ているベッドだが、もはやそんなことを言っている場合ではない。

私も服を脱ぎ、ブリーフ一枚になって小春を追いかけた。亀のように体を丸くしている彼女を、背中から抱きしめた。素肌と素肌が触れあい、小春の体温が伝わってくる。ほのかに温かい。すぐに火照らせ、汗ばませてやると思いながら、ブラジャーのホックをはずす。

「いやっ……ぅんんっ！」

羞《は》じらう小春をこちらに向かせ、唇を重ねる。息がとまるほど深いキスで翻弄しながら、胸をまさぐっていく。すでに背中のホックははずしてあるので、簡単にカップの中に侵入できる。ふくらみは手のひらサイズだが、生々しい存在感があり、揉《も》みしだくと私の鼻息は荒くなった。

「んんっ……くふっ……」

小春は眼の下をねっとりと紅潮させ、潤んだ瞳ですがるように見つめてきた。そそる表情だった。困惑しつつも、感じているのだ。私の指先が乳首に触れると、ぎゅっと眼をつぶった。しかしすぐに薄眼を開け、見つめてくる。乳首をいじられる刺激に息をはずませながら、なにか言いたげに唇をわななかせる。

私は彼女から、ブラジャーを奪った。

「可愛いよ……」

小ぶりな乳房を眺め、うっとりとささやく。彼女に羞じらう隙を与えなかった。ガラスのハートの持ち主である小春は、きっとこの小さな胸がコンプレックスに違いないと思って、気を遣ったのだ。

「とっても可愛いおっぱいだ……」

裾野からすくいあげ、やわやわと指を食いこませる。実際、可愛いおっぱいだった。乳房は大きければいいというものではない。小春のようなタイプの場合は、とくに控えめなふくらみがよく似合う。おまけに乳首がごく薄い桜色だ。ともすれば白い地肌に溶けこんでしまいそうな透明感がたまらない。

「んんっ……あああっ……」

小さくても感度は抜群のようで、指が乳首に触れると小春はせつなげに眉根を寄せた。服を着ているより、裸になったほうが大人っぽい女だった。私は乳首をつまみあげ、指の間で押しつぶした。指先で転がしては、爪を使ってくすぐるように刺激してやる。

小春があえぐ。ハアハアと息をはずませて、あえげばあえぐほど大人びた表情になっていく。かといって、可愛らしさが失われることはない。可愛いままに、淫らな存在になっていく。

私は上体を起こし、小春の足の方に移動した。鼓動を乱しながら、白いショーツをめくりさげた。

心臓が停《と》まりそうになった。あるべきものがなかったからだ。小春の股間は真っ白で、繊毛《せんもう》が一本も生えていなかったのである。

両脚を閉じた状態で、割れ目が見えていた。剃《そ》り跡はなかったので、元から生えていないか、あるいは脱毛サロンにでも通ったのか、いずれにしろ唖然《あぜん》とするほど卑猥《ひわい》な光景が目の前に出現した。

「いやっ……いやですっ……」

無防備な股間に熱い視線を注ぎこまれ、小春は羞じらっている。そんなことをしても隠せるわけがないのに、肉づきのいい太腿をしきりにこすりあわせている。私は異様な興奮に身震いしながら、小春の両脚をM字に割りひろげていった。白い股間に、アーモンドピンクの花が咲いた。縮れの少ない小さな花びらが秘めやかに身を寄せあっていた。清らかで可憐《かれん》な花だった。私は息を呑んで凝視した。凝視せずにはいられなかった。

「ううっ……くふうっ……」

小春は真っ赤になって首を振っている。その反応に、私は胸を躍らせる。愛憎が表裏一体のように、保護欲が高まりすぎて、意地悪がしたくなる。ふうっと息を吹きかけては、わざとらしいほど鼻を鳴らして匂いを嗅ぎまわす。ほんのりとしたヨーグルトのような匂いが、鼻腔《びこう》に心地《ここち》いい。たっぷり焦《じ》らしてから、獰猛《どうもう》な蛸《たこ》のように尖らせた唇を、清らかな花びらに押しつけていく。

「あううっ！」

小春の反応は激しかった。やはり、恥毛がないから刺激がダイレクトに伝わるのだろうか。私は舌を差しだし、舐めあげた。小ぶりな花びらを刷毛《はけ》で撫でるように舐めまわし、舌先で合わせ目をひろげていく。露わになった薄桃色の粘膜にも舌を這わせていくと、小春は甲高い悲鳴をあげて身をよじり、発情の証《あかし》である熱い粘液をしとどに漏らした。

私は興奮していた。

服を着ているときはあどけなささえ漂わせている小春が、M字開脚で性器を舐められ、よがっている姿にいても立ってもいられなくなった。

いや、違う。彼女が勝手によがっているのではなく、私がよがらせているのだ。そう思うとよけいに奮い立ち、欲望がつんのめっていった。もっとよがらせてやりたくなった。ブリーフの中で痛いくらいに勃起している男根で貫き、怒濤《どとう》のピストン運動を送りこんでやりたい。

だが……。

ブリーフを脱ぎ捨て、勃起しきった男根を取りだすと、小春は上体を起こした。私が正常位で挿入の準備を整えることを、許してくれなかった。

間があった。

ねっとりと潤んだ瞳で、小春は私のことを見つめていた。私は見つめられて、身動きがとれなくなってしまったのだった。

6

小春の眼つきが変わっていた。パソコン教室でもじもじしていた彼女とは、まるで別人のようだった。童顔に黒髪のショートカット、少女じみた顔立ちは変わらないのに、水のしたたるようなエロティックな眼つきで見つめてくる。

「わたしにも、させてください……」

猫のような俊敏な動きで身を翻すと、私をあお向けに倒し、両脚の間に陣取った。

「わたしばかりされるの、恥ずかしいですから……」

言いながら、小春は笑った。照れ笑いではなく、不敵な笑いだ。妖艶《ようえん》な笑いと言ってもいい。

まさか……。

可愛い顔をして床上手なのだろうか……。

唖然とする私をよそに、小春は勃起しきった男根に指をからめ、亀頭を口唇に咥えこんだ。ゆっくりと二、三度唇をスライドさせると、双頬をべっこりとへこませた。

バキュームフェラがくる——私は息を呑んで身構えた。実際、小春は吸ってきた。しかしその吸い方は、単なるバキュームフェラではなかった。口内粘膜と男根の間に隙間をつくり、そこに唾液を溜めこんで、じゅるっ、じゅるるっ、と吸いしゃぶってきたのである。

「おおおっ……」

私はたまらず声をもらしてしまった。痛烈に吸引されるより、そのやり方は気持ちよかった。刺激がいやらしかった。じゅるっ、じゅるるっ、と男根を吸いたてながら、小春は根元を指でしごいてきた。そのしごき方も、じれったいくらいのソフトタッチで、男のツボをよく知っている。そしてさらには、興奮に迫《せ》り上がった睾《こう》丸《がん》まであやしはじめる……。

まさかのまさかだった。内気な彼女が、なぜこれほど練達なフェラチオができるのか、理解できなかった。

そのくせ、

「先生……先生……」

眼尻を垂らした蕩《とろ》けるような顔で、ささやいてくる。

「すごく硬くなってます……嬉しいです……先生がこんなになってくれて、わたし、とっても……」

歓喜に声さえ震わせて、上目遣いに見つめてくる。

「わたし、先生のこと好きだったんです……ひと目見たときから……でも、忘れてください……エッチが終わったら、全部……わたしは忘れません……たぶん一生、今日のことを覚えてます……」

「むうっ！」

私の腰は反り返った。センチメンタルなことを言いつつも、小春のフェラはいやらしさを増していくばかりで、言葉と言葉の間に舌を使ってくる。裏筋を舌先でくすぐり、カリのくびれをねっとりと舐めまわす。根元をしごく指の動きに緩急をつけ、男根をはちきれんばかりに硬くしていく。

たまらなかった。

私はすっかり彼女の口腔奉仕に翻弄され、ともすれば暴発してしまいそうな瞬間まであった。

「……もういい」

小春に声をかけ、体を入れ替えようとした。しかし小春は、私を見て首を横に振ると、後退《あとずさ》っていった。自分が上になりたいらしい。いったいどこまでいやらしいのか、彼女の本性の底が見えない。

しかも……。

私の腰にまたがった小春は、やにわに両膝を立てて、M字開脚を披露した。相撲《すもう》の蹲踞《そんきょ》というか、和式トイレにしゃがみこむ格好というか、あられもない体勢で結合しようとしてきたので、私は眼を見張らずにはいられなかった。

彼女はパイパンだった。小さな手で男根をつかんで切っ先を女の割れ目に導くと、あまりに生々しい光景が眼に飛びこんできて、私は動けなくなった。

「んんんっ……」

小春が腰を落としてくる。アーモンドピンクの花びらを巻きこんで、男根が割れ目に埋まっていく。小春が身をよじり、小刻みに股間を上下させる。割れ目を唇のように使って亀頭をしゃぶり、肉と肉とを馴染ませていく。

私は首に筋を浮かべた。自分の顔が真っ赤に茹《ゆ》であがっていくのが、鏡を見ないでもはっきりとわかった。

「気持ちいいですか?」

小春が息をはずませながら訊ねてくる。

私がうなずくと、「あんっ」と鼻にかかった声をもらし、腰を最後まで落としてきた。男根を根元までずっぽり呑みこんで、結合の衝撃に身をくねらせた。

「むううっ……」

私は唸《うな》った。やけに締まりがいい。というより、体が小さいから、あそこも小さいのかもしれない。結合しただけで、女体を貫いている実感をこれほどありありと嚙みしめたのは初めてかもしれない。

「んんっ……くぅふうっ……」

小春が動きはじめる。両脚をM字にひろげたまま、股間をゆっくりと上下させる。勃起しきった男根が、ねっとりと蜜をまとって割れ目から出てきて、また呑みこまれていく。小春がパイパンなだけに、その光景はどこまでも衝撃的かつ卑猥だった。

「気持ちいいですか?」

小春が同じ台詞を繰り返す。

「ああ……」

私がうなずくと、小春は喜悦にひきつった顔で笑った。ひどく嬉しそうだった。

股間をゆっくりと上下させながら、上体をこちらに覆い被せてきた。両脚はM字に立てたままだ。アクロバティックな体勢をものともせず、私の乳首を舐めてきたのには驚いた。

「むっ……むむむっ……」

ヌメヌメした蜜壺《みつつぼ》で男根をしゃぶりあげられながら、乳首を刺激される快感に、私はうめいた。小春はただ舐めるだけではなく、吸ったり甘噛みしたりする。その刺激が男根をしゃぶられる快感と相俟《あいま》って、全身がきつくこわばっていく。

「気持ちいいですか？」

また同じ台詞だった。私はようやく気づいた。

小春は大胆なわけでも、積極的なわけでもない。ましてや淫乱などからは程遠い。彼女はただ、男に奉仕したいだけなのだ。

健気《けなげ》だった。

なにがそうさせるのかわからないが、自信なさげに「気持ちいいですか？」と訊ねてくる姿がたまらなく愛《いと》おしくなり、私はじっとしていられなくなった。

「ああんっ！」

私が突然上体を起こしたので、小春は眼を丸くして驚いた。かまわず対面座位に体位を移し、小春を抱きしめた。裸で抱きあうと、なおいっそう小さく感じられた。けれども、女らしさがないわけではない。抱き心地はどこまでも柔らかく、悩殺的な丸みに満ちている。

私は両手を伸ばし、尻の双丘をつかんだ。果実のように実った肉に指を食いこませ、ぐっ、ぐっ、とリズムをつけて引き寄せた。狭い蜜壺はよく濡れて、勃起しきった男根を淫らなまでにすべらせる。

「あああっ……はぁあああっ……」

小春は熱っぽく声を震わせ、私にしがみついてきた。頬を寄せあいながら、しっかりと抱きしめあった。

いままでは彼女のリードだったが、ここから先は私のリードである。小柄な体だから、上に乗せていてもコントロールが容易だった。ぐっ、ぐっ、と尻を引き寄せながら、ベッドの弾力を使って突きあげる。狭い蜜壺の奥の奥まで、男根を送りこんでいく。亀頭がコリコリした子宮に当たっている感触が、たしかにある。

「いっ、いやあっ……いやあああっ……」

小春がよがりはじめる。私のリズムに乗りながらも、腰を使ってくる。肉がこすれあう角度に変化をつけては、喜悦に身をよじる。小柄な体がにわかにカッカと火照りだす。発情の汗をかきはじめ、甘ったるい匂いが漂ってくる。

「いいのか？　気持ちいいのか？」

私が耳元でささやくと、

「いいっ……」

小春は紅潮した顔を正面にもってきて、ハアハアと息をはずませた。

「とってもいいっ……気持ちいいっ……」

吸い寄せられるように唇を重ね、舌と舌とをねちっこくからめあわせた。小春は眉根を寄せながら、必死になって私の舌を吸ってきた。涎《よだれ》を垂らしながら、私の唾液を嚥下《えんげ》した。

熱狂が訪れていた。私が夢中で小春の尻を引き寄せれば、小春も夢中で腰を振り、舌をからめてくる。お互いに汗ばんでいる体をこすりあわせ、リズムを分かちあう。一対の存在となって、淫らな熱を振りまく。肉と肉とがこすれあう粘っこい音が寝室中に充満し、私と小春を陶酔へいざなっていく。

「好きっ……好きっ……先生っ！」

小春が口づけを振りほどき、ちぎれんばかりに首を振った。

「もうイッちゃうっ！　わたし、イッちゃいますっ！」

「こっちもだ……」

私は唸るように言った。燃えるように熱くなった顔に大量の汗が流れ、眼を開けていることもつらい。それでもかまわず、リズムをキープする。射精がそこまで迫っているのに、汗になどかまっていられない。

「こっちも出るっ……もう出るっ……」

「ああっ、イクッ……イクイクイクイクッ……」

先に限界に達したのは、小春だった。私の腕の中で小さな体をぎゅうっとこわばらせると、

「はっ、はぁあああああああーっ！」

獣じみた悲鳴をあげて、ビクンッ、ビクンッ、と腰を跳ねさせた。突然暴れだしたような激しいイキ方に私は驚愕《きょうがく》しつつも、負けない強さで抱きしめた。私にしても、爆発寸前だった。小春を思いやるより、自分の快楽の奴隷だった。全身をはずませて、下から突きあげた。体中の血液が逆流していくような感覚の中、五体のあちこちが痙《ひきつ》りそうなくらいこわばっていく。

「出るっ……もう出るっ……おおおおっ……うおおおおおーっ！」

雄叫《おたけ》びをあげて、大きく突きあげた。オルガスムスに身をよじっている小春の体

を跳ねあげ、結合をといた。スキンを使っていなかったので、中で出すわけにはいかなかったのだ。

蜜壺から解放された男根を、自分の右手でつかもうとした。だがそれより一瞬早く、小春が四つん這いになって私のものを咥えこんだ。自分の漏らした愛液でヌルヌルになっている肉棒を、躊躇うことなく頬張った。

「なっ、なにをっ……」

焦った私を一瞥《いちべつ》もせず、双頬をべっこりとへこませて吸ってきた。ドクンッ、と射精に達すると、私の頭の中は火がついたようになった。こちらが放出する勢いより、小春が吸いたてる力のほうが強かったのだ。

「おおおっ……おおおおっ……」

私は小春の頭を両手でつかんで、恥ずかしいほど身をよじった。煮えたぎるように熱い粘液が、いつもの倍のスピードで尿道を駆けくだっていく。ビュン、ビュン、と超特急で男根の芯を走り抜け、体の芯まで痺《しび》れさせる。息つく間もなく発作を呼びこまれ、きつくこわばった全身が燃えるように熱くなっていく。

衝撃の体験だった。

いつも以上の量を放出した気がするのに、いつもよりずっと短時間で射精は終了した。最後の一滴まで吸い尽くされると、私は事切れたようにベッドの上で大の字に倒れた。小春が覆い被《かぶ》さってきた。サクランボのような可愛い唇が、男の精にまみれていた。申し訳ないことをしたと思ったが、息があがっていて言葉を発せられなかった。

小春は汗まみれの顔で笑っていた。照れくさそうにはにかみながら、舌なめずりをして白濁液をすべて嚥下した。

7

一度きりのつもりだった。

遊び、と言ったら申し訳ないが、衝動のままに求めただけだし、小春の「一回だけ」という念押しの言葉に、むしろ安心して事に及んだはずだった。なにしろこちらは妻帯者なのだから、後腐れのない関係でないとまずいのだ。

しかし……。

一度抱いたら離せなくなってしまった。たった一度で情が芽生えてしまったのは、私がモテない男だからだろう。愛妻家を気取りながらも、若い女と浮気できた満足感は大きく、セックスに意地汚くなってしまった。

ベッドの上でイチャイチャしているうちに、二回戦が始まった。小柄な小春の抱き心地はよくなるばかりで、ますます夢中になった。二度目の射精を果たすころには、窓の外はすっかり暗くなっていた。

「実家に住んでいるんだよね？」

「はい」

「じゃあ、今夜は泊まっていったらどうです？　親御さんに連絡して」

「ええっ？」

「大丈夫。妻は帰ってこないから」

小春は小春で、私とのセックスを楽しんでいた。自惚《うぬぼ》れているわけではないけれど、かなり感じていたようだった。そうは見えなかったが、おそらくセックスそのものが好きなのだ。口下手なので、肉体を通したコミュニケーションのほうが得意なのかもしれない。

泊まりの誘いにかなり迷っていたが、結局、親に外泊を伝えるメールを送った。

「じゃあ、シャワー浴びて、ごはんにしましょう。さすがにお腹《なか》がへりました」

一緒にバスルームに入り、洗いっこをした。小春が相手だと、どういうわけかそういう馬鹿げたことが楽しいのだった。恥ずかしがりながらも、キャッキャとはしゃいでいる彼女が、可愛くてしかたがなかった。

「そうだ。これを着けてみなよ」

バスルームを出ると、私は言った。私の手には、小春がこの日のために新調した白いエプロンが握られていた。

「いいですけど……」

小春が下着を着けようとしたので、

「違う、違う」

私はあわてて制止した。

「裸の上に、じかに着けるんです。裸エプロンだよ」

「えええっ……」

小春はさすがに困惑顔になり、私が無理やり裸身に白いエプロンを着けさせると、小さな童顔を真っ赤に染めた。

「これじゃあ、お尻が丸見えじゃないですかぁ」

「いいじゃないか」

私は裸のまま、小春の手を引いてキッチンに向かった。

「恥ずかしくて料理なんてできません……」

「いいんですよ」

私には、ハナから料理などさせるつもりはなかった。食事なら、デリバリでピザでもとればいい。それより裸エプロンだ。丸見えになっているのは、尻だけではなく太腿もだった。胸当てからチラリとのぞく控えめな横乳も、キュートでエロティックである。

「可愛いよ……」

私は後ろから身を寄せていった。丸みのあるヒップが股間に触れた瞬間、下を向いていたペニスにみるみる力がみなぎっていき、硬く勃起した。すでに二度も射精しているのに、我ながら呆《あき》れるほどのレスポンスのよさだ。

「小春ちゃんみたいな可愛い新妻とこんなふうにするの、夢だったんだ……」

嘘《うそ》だった。私はいままでそんなことを一度だって考えたことがない。だが、嘘も興奮のスパイスである。相手だけではなく、自分も騙《だま》してしまえばいい。

「そんな……新妻なんて……」

小春がもじもじと身をよじる。彼女にしても二十七歳、結婚を意識して当然の年ごろだから、新妻となって裸エプロンで求められるなんていう妄想を、したことがあるかもしれない。

「たまらないよ……」

胸当ての上から、小ぶりの乳房を揉みくちゃにする。すぐにエプロン越しでは満足できなくなり、横から両手をすべりこませ、生身のふくらみをすくいあげる。小ぶりではあっても、揉めば揉むほど手のひらに馴染んでくる、愛撫《あいぶ》のし甲斐がある乳房だった。乳首はすでに勃《た》っている。桜色の清らかな色をしているくせに、感度は最高だ。

「ああんっ……」

胸当ての中で乳首をつまみあげると、小春は背中を反らせ、両膝をガクガクと震わせた。

「やめてください……こんなところで……恥ずかしい……」

振り返って言ったので、私はその口をキスで塞いだ。たしかに、キッチンでこんなことをしているのは恥ずかしい。私だってそうだ。しかし、恥ずかしさが興奮を誘ってくることも、また事実だった。してはいけないところで淫らなことをしているシチュエーションが、体を妙に疼かせる。

いいアイデアが閃《ひらめ》いた。してはいけないところなら、他にもあるではないか。キッチンよりもずっとインパクトの強い、とびきりの場所が……。

私は愛撫を中断し、小春の手を取って歩きだした。寝室に行くのだろう、と彼女は思ったようだった。

私の向かったのは、寝室ではなく庭だった。私たち夫婦が住んでいる平屋の一戸建てには、小さいが庭があるのだ。私の背よりも高い生け垣があるので、外からのぞかれる心配はない。まだ一度も実現していないが、夏になったらバーベキューをしましょうと、妻が鉄製のアンティークテーブルをどこからか譲り受けてきた。

すでに夜の帳《とばり》はおりていた。照明をつけないまま、私たちは庭に出ていった。芝《しば》生《ふ》敷きなので、裸足《はだし》のままだ。梅雨時だから、裸でも寒くなかった。むしろ、むっとするほど湿度があり、裸身にねっとりした空気がからみついてきた。

「えっ？　ええっ？」

小春は戸惑うばかりだったが、その日の私はどこまでも大胆だった。

「眼が慣れてくれば、星が見えますよ」

小春の耳元でささやき、白いエプロンだけに飾られた彼女の体を、アンティークテーブルの上にあお向けで横たわらせた。

「どうですか？　見えますか？」

「いいです……星なんて見たくないです……」

恥ずかしそうに首を振る。

「そう言わないで」

私の目的は、もちろん天体観測ではなかった。食べてとばかりにテーブルの上に乗っている小春に熱い視線を向け、両膝を割っていく。

「いっ、いやあああっ……」

「言っときますが！」

私は身を乗りだし、険しい表情で小春を見つめた。

「声なんか出したら、近所に筒抜けですからね。いやらしい声ってやつは、どういうわけか遠くまで響く」

「ううう……」

小春が泣きそうな顔で唇を引き結ぶ。梅雨空のせいで、眼が慣れても星や月は見えなかったが、近くにある外灯のおかげで、表情くらいは確認することができた。

「たぶん……いやらしい声には、誰もが耳をすますからだろうね。小春ちゃんの声は可愛いから、のぞきまで集まってくるからもしれない。生け垣があったって、近くでのぞきこまれれば……」

言いながら、小春の両脚を大胆なM字に割りひろげていく。

「ああっ……んんんっ！」

小春は恥ずかしさに身をよじりつつ、必死になって声をこらえる。

私は生唾を呑みこんだ。野外で女性器を露わにされる衝撃はいかなるものか、想像するだけでぞくぞくするほど興奮した。

手指に力をこめ、限界まで両脚をひろげていく。

白いエプロンがめくれ、パイパンの白い恥丘と、その下に咲いたアーモンドピンクの花が姿を現した。

荒淫《こういん》の証が確認できた。最初に見たときは左右の花びらが行儀よく口を閉じ、凛《りん》とした縦一本筋を拝めたが、だらしなく口を開いていた。私の男根をすでに二回も受け入れているせいだろう。そう思えば、舐める舌にも熱がこもる。

「んんんっ！」

ねろり、ねろり、と舌を這わせてやると、小春はテーブルの上でのたうちまわった。唇を引き結ぶだけでは声をこらえるのが無理なようで、真っ赤になって両手で口を押さえている。

たまらない光景だった。花びらをしゃぶり、クリトリスを舐め転がすほどに、風呂あがりの清潔な素肌が、生々しいピンク色に上気していった。さらにしつこく舐めまわせば、うっすらと汗まで浮かんでくる。

湿気のせいもあるのだろう。舐めている私も、気がつけば体中が汗ばんでいた。悪い気分ではなかった。夜の野外で汗にまみれながらオーラルセックスに耽《ふけ》るなんて、滅多に経験できることではない。

私は鼻息を荒げて、パイパンの女陰を舐めまわした。舐めれば舐めるほど、舌使いに熱がこもっていくのは、小春が濡れやすいせいかもしれない。あふれる蜜は涸《か》れることを知らず、私の顔をヌルヌルに濡らしていく。

そろそろ欲しくなってきた。

私は小春の腕を取り、テーブルからおろした。すぐにそこに両手をつかせ、尻を突きださせる。立ちバックの体勢だ。私は勃起しきった男根を握りしめ、蜜のしたたる桃割れの中心に切っ先をあてがった。

「許してください……」

小春がいまにも泣きだしそうな顔で振り返る。

「声が……声が出てしまいます……」

私はかまわず、腰を前に送りだした。はちきれんばかりに膨張した男根で、毛のない割れ目を穿《うが》った。よく濡れた蜜壺にずぶずぶと入っていき、すかさずピストン運動を送りこんだ。

「んぐっ！　んぐっ……」

小春が口を押さえて、鼻奥でうめく。バックなので顔は見えないが、必死で声をこらえているようだ。声を放出できないぶん、快感が体の内側に溜まっていっていくような、そんな気配が伝わってくる。腕も腰も尻も太腿も、絶え間なく小刻みに震えている。喜悦の痙攣《けいれん》だろう。今日これで三度目の結合となれば、感度も最高潮に達しているに違いない。

「むうう……むうう……」

私は鼻息を荒げて腰を振りたてた。せっかく小春が声をこらえているのに、尻を打ち鳴らしてしまっては申し訳ない。なるべく音をたてないように、勃起しきった男根を出しては入れ、入れては出す。それはそれで悪くなかった。スローピッチの抜き差しは、男根を意外なほど敏感にした。結合感を堪能《たんのう》できた。カリのくびれにいやらしくからみついてくる、内側の肉ひだの一枚一枚まで感じることができる気がした。

そのとき……。

雨粒が私の胸を叩いた。先ほどからかなりの湿気だったが、ついに降りはじめたらしい。みるみる本降りになっていき、立ちバックで盛る男女に降りかかってきた。ザアーッと地面を叩く雨音が巻き起こり、風まで強まって横殴りに襲いかかってくる。

私は奮い立った。これなら少々騒ぎたてても、近所に声が聞こえることもない。雨の中にいると息がするのが苦しかったけれど、家の中に避難しようなどとは、微《み》塵《じん》も脳裏をかすめなかった。

「はっ、はぁあうううううううーっ！」

小春が獣じみた悲鳴をあげる。私が怒濤の連打を開始したからだ。パンパンッ、パンパンッ、と尻を打ち鳴らし、いちばん深いところまで亀頭を届かせた。もう遠慮は無用だった。私は突いた。突いて突いて突きまくった。

「はぁううーっ！　いいっ！　いいいいいーっ！」

小春があえぐ。雨に濡れた黒髪のショートヘアを振り乱し、肉の悦びに溺れていく。

異常な興奮が、私の腰に力を与えていた。

まるで野性に返った気分だった。

降りしきる雨は強くなっていくばかりで、私と小春の全身をずぶ濡れにした。そんな中で腰を振りたて、快楽を嚙みしめているのは、至福としか言いようがなかった。これぞ野外性交の醍醐味《だいごみ》。雨よ降れ、風よ吹け。素肌を叩く雨の感触が気持ちよすぎる……。

私はただ一匹の獣になった。小春もまたそうだった。雨がすべてを解放してくれたようだった。

「ああっ、イッちゃうっ……わたし、イッちゃいますっ！」

雨音に負けない声量で、小春が叫ぶ。

「ああっ、イクウッ……もうイクウウウウーッ！」

私は小春に渾身のストロークを送りこみ、恍惚《こうこつ》の彼方にゆき果てさせた。何度でもイカせてやるつもりだった。

できることなら、この雨がやむまで盛っていたい――そう思いながら、私は腰を振りたてつづけた。

8

「それで……どうするつもりなんです？」

ターコイズブルーのソファに座った妻が、静かに言った。顔色はいつもと変わらなかった。しかし内心では、怒り狂っていることだろう。怒っていないわけがない。

私は言葉を返せなかった。

いつもの木製の椅子に座るのではなく、フローリングの床に正座していた。すでに脚が痺れていたが、崩すことはできなかった。床に正座こそ、浮気が露見した専業主夫に、相応しい待遇に違いない。

妻がシンガポールに出張している間、小春はこの家にずっと泊まっていた。四泊五日の間、私たちはずっと裸で過ごしていた。デリバリや出前で運ばれてきた食事をちょこちょことつまみながら、日がな一日セックスに明け暮れていた。

最高だった。

この世にいながら桃源郷を満喫するような五日間を過ごした私たちが、別れられなくなったのは必然のことだった。もちろん、別れなければならなかった。私には希和子という存在があり、彼女と別れるつもりがない以上、小春と関係を続けていくことはできない。私はそれほど器用な人間ではない。続けていれば、いつかはバレる。小春と別れるのもつらかったが、もし万が一、妻に浮気がバレてしまい、離婚するようになったら、私にとってはこの世の終わりがやってくるのと同じことだ。

パソコン教室で顔を合わせるたびに、私は小春をカフェに呼びだした。別れ話を切りだすと、小春がひどく哀《かな》しそうな顔でべそをかくので、私は胸が痛くなり、豪華な夕食をご馳走したり、ブランドものの高価な服やバッグをプレゼントしたりした。手切れ金というわけではないが、他にお詫《わ》びの仕方が思いつかなかった。金ならあった。佐谷の渡してきた二百万だ。

しかし結局、そこまでしても別れる踏んぎりがつかず、最後にもう一回だけ抱きあおうとラブホテルにしけこむことになり、ずるずると関係は続いてしまっていた。

弁護士からの電話連絡が入ったのは、四泊五日の桃源郷からひと月ばかりが過ぎたころだった。梅雨は明け、すでに盛夏になっていた。

「東京第一弁護士会の増谷《ますや》浩三《こうぞう》と申します。花井小春さんの件でお電話差しあげました。花井さんのご主人は、浮気の事実を認識しております。つきましては、一度お目にかかってお話しさせていただきたいのですが……」

私が電話をとったのはリビングで、妻と食後のお茶を飲んでいるところだった。あわてて廊下に出た。いったいなんの話だと思った。

「こ、小春のご主人って……どういうことですか？　彼女は結婚しているんですか？」

「はい」

弁護士は平然と答えた。

「三年前に入籍したご主人がいらっしゃいます。このところ、小春さんの様子がおかしいと思ったらしく、あとをつけたそうです。あなたと小春さんがラブホテルに入っていく写真を撮っています。小春さんはすべてを白状したらしいので、言い逃れはできませんよ」

「そ、そんな……」

私は弁護士との電話をいったん切り、小春に電話をした。長いコール音のあと、留守番電話に切り替わった。

「どうかしたんですか？」

妻が心配そうな顔で廊下に出てきた。私はパニックに陥りそうだった。いやすでに、陥っていたのかもしれない。少なくとも、顔から血の気が引き、脂汗を流していた。

弁護士が出てきたということは、小春の夫は慰謝料を請求してくるということだろう。手持ちの金で解決できるならいくら払ってもかまわないが、裁判になれば妻にすべてを隠し通せるわけがない。両膝が震えだした。震度五の地震に見舞われたようだった。平常心はとっくに崩壊していた。第三者の口から浮気がバレるくらいなら、自分ですべてを白状してしまったほうがいいと思った。

「……申し訳ない」

私はその場に土下座した。真実を話せば、妻との関係は崩壊するだろう。そんなことはわかっていたが、衝動的に土下座していた。膝が震えすぎて立っていることができなくなり、床に膝をついてしまったようなものだった。

「とにかく、向こうに行きましょう」

妻にうながされ、リビングに移動した。いつも通りのエレガントさでターコイズブルーのソファに腰をおろした妻を尻目に、私は床に正座して事の顚末《てんまつ》をすべて話した。妻の表情は変わらなかった。

すべてを聞きおえると、

「それで……どうするつもりなんです？」

と静かに訊ねてきただけだった。

私は答えられなかった。泣きたくなるほどの重苦しい空気がリビングを支配し、私を苦しめた。もし目の前に拳銃があったら、頭を撃ち抜いていたかもしれない。妻に黙っていられるのがつらすぎた。どうせ結論は決まっている。私は妻の浮気を二回許したが、妻が私の浮気を許すはずがない。ならば、早く介錯《かいしゃく》してほしい。私はもうすでに腹を斬っている。

「わたしと離婚したいんですか？」

そんなわけはないが、それ以外の結末は考えられない。私が押し黙ったままでいると、

「どうなんですっ！」

妻が声を荒げた。妻の怒声を聞いたのは初めてだった。

「離婚したいのかしたくないのか、答えてください」

「そ、そりゃあ、したくはないですよ……」

私はしどろもどろで言った。

「したくはないですけど……でも……なんていうか……」

「したいのか、したくないのか、それだけ答えればいいんですっ！」

夜叉《やしゃ》のごとき恐ろしい形相で一喝され、

「はっ、はいっ！」

私の背筋は伸びた。

「し、したくないです……離婚は……離婚だけは……だって僕は……希和子さんのことを……世界でいちばん愛してますから……」

「わかりました」

妻は言い、ふうっとひとつ息をついた。

「それじゃあ、後のことは全部わたしに任せてください」

私には妻の真意がわからなかった。

「いいですね？　あなたはもう、その小春さんって人にも、弁護士の人にも連絡しないでください。電話がかかってきても、とらないでいいです。わかりましたね？」

「は、はい……」

私が呆然《ぼうぜん》とした表情でうなずくと、妻はスマートフォンを手に寝室に入っていった。ずいぶん長い間、どこかに電話をしていた。


例の件、すべてクリアになりました、と妻が報告してきたのは、それからわずか三日後のことだった。

小春の夫が雇った増谷という弁護士と、妻は直接会って話しあったらしい。

「とにかく、この話はこれでおしまいです。二度と蒸し返さないでください。わたしもう忘れます」

妻はぴしゃりと言い放って、話を打ち切った。私には質問する暇も与えられなかった。なにをどう解決したのか、詳細は不明だった。しかし、相手が弁護士まで立ててきている以上、慰謝料を払うという形で解決したことは間違いないだろう。

私をいっさい咎《とが》めだてしない妻の態度が、逆にひどく怖かった。

そもそも私は妻にまったく頭があがらない男だったが、その日以来、下僕のような態度に拍車がかかった。

第四章　最後の浮気

1

長い残暑がようやく終わると、秋は足早に過ぎ去って、一気に冬の気配が漂いはじめた。

表面的には、私たち夫婦の生活は以前と同じサイクルに戻っていた。

私は妻より早く起きて朝食をつくり、それを食べると妻を仕事に送りだし、家中をくまなく掃除して洗濯機をまわす。夕方になったら買い物に行って食事の準備を整え、妻の帰りを待つ。

昼下がりの暇な時間、私は座禅を組むようになった。煩悩を振り払うためだが、なかなか効果はあがらなかった。瞑想《めいそう》に耽《ふけ》っていると、どうしても余計なことばかりが頭に浮かんできた。

小春……。

彼女はいい女だった。

あれほど何回も続けざまにセックスを求めた女は、他にいない。自分がリードできたから、という点は大きい。こちらが年上であるし、小春は年齢よりずっと若く見えるうえ、従順なタイプだった。大胆な愛し方をして驚かせてやりたいと、男に思わせるところがあった。

裸エプロンのまま庭に連れだし、雨の降りしきる中、立ちバックで盛っていたなんて、いまでは信じられない。私はあんなことができる人間ではない。小春が相手だからしてしまったのだ。彼女のせいだと言いたいわけではなく、小春にはそういう魅力があったのだ。私の雄々《おお》しさを引きだす、不思議な魅力が……。

だが、彼女は嘘《うそ》をついていた。

人妻だったということに、なによりも驚かされた。ただ、夫とはうまくいっていなかったのだろう。そうでなければ、四、五日も外泊するのは、さすがに異常である。パソコン教室に通いはじめたのも、離婚して自立するための準備のつもりだったのかもしれない。

もちろん、すべては想像の世界だった。真実を知ることは永遠にない。はっきりしているのは、二度と会えない女のことなど、考えてもしかたがないということだけである。

忘れるしかなかった。夢でも見ていたと思って記憶の彼方に押しやってしまうしか、私にはできることがない。

やるべきことなら、他にあるのだ。

妻は気丈に振る舞っているが、内心傷ついているはずだった。夫に裏切られて、傷つかない女などいないし、私たち夫婦の場合、飼い犬に手を嚙《か》まれたようなものなのである。

フォローすべきなのはわかっているが、どうすればいいか私は考えあぐねていた。まさか猫撫《ねこな》で声を出して媚《こ》びへつらうわけにもいかないし、しつこく謝るのも逆効果だろう。

日々の生活で反省していることを示すしかない。それはわかっている。世界でいちばん愛しているという言葉が嘘ではないということを、態度や行動で証明していくしかないのである。

しかし、どうやって……。

たとえば夫婦生活だ。

私の浮気が発覚して以来、私は妻を抱いていなかった。浮気が現在進行中のときは、むしろ抱いていた。急に夫婦生活を中断してしまっては浮気を疑われる恐れがあったし、なにより、まったくタイプの違う小春と希和子を交互に抱くことに、私の興奮は最高潮に達していた。その行為が、どちらの女に対しても非礼であるとわかっていても、やめられなかった。人として最低のことをしていると当時から思っていたし、いまも思っている。その後ろめたさが後を引き、いまだ夫婦生活を再開させることを躊躇《ためら》わせているのだ。

だが、妻がすべてを水に流してくれた以上、いずれは夫婦生活を復活させなければならないだろう。セックスのない夫婦は夫婦とは言えないし、私自身、妻を抱きたい欲求はあるのだ。

きっかけが必要だった。

いまこそ旅行にでも出かけ、非日常的なシチュエーションの中で、あらためて愛を確認すればいいのかもしれない。だが、それも言いだしにくい。こちらが浮気をされたのであれば、旅行に誘うのは器の大きさを示す行為にもなっただろうが、浮気をしておいて旅行に誘うなんて、なんだか虫がよすぎる気がする。

「……ふうっ」

私は座禅をやめて、立ちあがった。心を落ち着けるために始めた座禅なのに、いっこうに落ち着かない。リビングの中を、檻《おり》に入れられた猛獣のように歩きまわる。そんなことをしたところで、苛立《いらだ》ちは募っていくばかりだったが……。

私は妻に苛立っていた。

なぜ浮気をしたことを責めてこないのだと思った。ひと言も咎《とが》めだてしてこないのは、いったいどうしてなのだ……。

愛してないからではないだろうか？

結局はいつも、その結論に辿《たど》りつく。浮気をされても、浮気をしても、そう思っていじけている私がいる。

愛していれば怒るはずだった。怒るに決まっている。なのに妻は、顔色ひとつ変えず、事後処理に走りまわった。やさしさなのかもしれないけれど、私には違う思惑が透けて見えた。

これでお互い様……。

私のあやまちによって、妻がいままで背負っていた罪の意識が少しでも軽くなってくれるなら、それでもいい。自分も許してもらったのだから、今回は水に流してやろうと寛大に考えてくれたならありがたい話だが、どうにも違和感を覚えてしまわずにいられない。

お互い様なのだから、また浮気してても許してもらえるはず……。

妻がそんなことを考えているような気がしてならず、私の気持ちは千々《ちぢ》に乱れていくばかりなのだ。

過去二回の浮気によって、妻は自分を知ったのだ。夫という存在があっても、いざとなると欲望に負けてしまう自分の習性を、骨身に染みて理解したのだ。いま現在、浮気していなくても、そのうちまたしてしまうかもしれない——心のどこかでそう思っているのだ。それゆえに妻は、私の浮気をあれほど簡単に許してくれたのではないだろうか。

しかし……。

それでは彼女にとって、結婚とはなんなのだろう？　夫婦とはいったいなんなのだろう？

単なる社会的な体裁に過ぎないのだろうか。あるいは、仕事はできるが家事ができない自分を、サポートしてもらえるシステムなのか。そこに愛はないのだろうか。好きな相手を独占したいと思うのが、愛なのではないだろうか。

もちろん、私にはそんなことを言える資格はない。世界一愛していると断言できる妻がいながら、ついうっかり浮気をしてしまった。いや、ついうっかりどころの話ではない。欲望のままに振る舞いつつも、かなり狡猾に立ちまわっていたと言っていい。妻は仕事で忙しいから、バレやしないさと……。

考えすぎはよくなかった。

あまり考えすぎると、私は私を許せなくなりそうだった。一方的に浮気をされているうちはまだよかったが、こちらも罪を犯してしまった以上、たしかにお互い様なのだ。それが私を傷つける。夫婦揃《そろ》って蟻《あり》地獄に嵌《は》まってしまったような、救いのない気分になってくる。

バイクの音がした。

郵便配達だろう。

私は玄関に行き、サンダルを履いて外に出た。ポストをのぞくと、絵はがきが一枚、入っていた。

妻宛てのはがきだった。文字がすべてパソコンで印字されたダイレクトメールで、絵画展の招待状らしい。画廊の名前と並んで、「久《く》我《が》彪《あきら》新作展」と大きく記されている。

はがきを裏返した。日本画がカラーで印刷されていた。私は動けなくなった。ずいぶんデフォルメされているが、妻だ、と直感が走った。どこかで見覚えがあった。私はあわてて家の中に戻り、納戸を開けた。段ボールの中にひっそりと隠してあった、スケッチブックを取りだした。

タッチがよく似ていた。

スケッチブックのほうは墨一色で極めて荒々しく描かれ、絵はがきのほうは髪の毛一本一本まで緻密に描かれているが、同一人物が描いたようなものに思えてしかたがない。

もちろん、私は絵に関して素人《しろうと》だった。パソコンを立ちあげ、「久我彪」を検索してみた。異様な数がヒットした。それなりに有名な画家らしい。ウィキペディアを見ると、数々の受賞歴があった。五十五歳、北海道札幌《さっぽろ》市出身……。

ゾクリとした。

妻もまた、札幌の出身だからである。

2

数日後、私は画廊のある銀座《ぎんざ》に足を運んだ。

「久我彪新作展」は前日から開催されていたが、初日はオープニングパーティがあるようで、人もたくさん来ていそうだから、二日目に訪ねることにしたのだ。日本画家の個展というものがどういうものなのか、まったく見当がつかなかった。それでも、開催二日目、平日の昼下がりに行けば、ゆっくり絵を見られるのではないかと思った。

わざわざ銀座まで足を運ぶことにしたのは、絵はがきを見たときの妻の反応による。

彼女宛ての郵便をいつもそうしているように、私はリビングのテーブルの上に置いておいた。いつもと違うのは、それを発見したときの妻のリアクションを、注意深く観察していたことである。

絵はがきの存在に気づいた妻は、手に取って一瞬眺めてから、自分のバッグにしまった。顔色はまったく変わらなかった。それが逆に、あやしいと思った。なにかある、と勘ぐらずにいられなかった。感情が揺れているときほどポーカーフェイスになるのが、妻の癖なのである。

目的の画廊は、大通りから一本入った静かな小路の地下にあった。階段で直接地下に降りられる造りで、降りた先の突き当たりに、ガラス張りの扉があった。日本画家の個展というから、もっと古めかしく重厚な雰囲気の場所を想像していたのだが、ビルも階段も入口も、洗練されたクールな感じだった。

扉を開くと、絵の飾られた空間がひろがっていた。小学校の教室くらいの広さだろうか。外の雑踏から隔絶されたような、異様なほど静謐《せいひつ》な時間が流れていた。私にとっては完全に異世界だった。

入っていこうとすると、

「すいません」

受付カウンターの中にいた女性に呼びとめられた。

「よろしかったら、芳名帳《ほうめいちょう》にご記帳お願いできませんか？」

「えっ？　ああ、はい……」

スーツを着た中年女性にひどくかしこまった態度で言われたので、私は緊張した。わけのわからないまま名前と住所を書き、ぎくしゃくした動きで中に進んだ。客は他に誰もいなかった。美術を鑑賞する所作などなにもわからない私は、ここに来る電車の中でいろんなことを考えていた。たとえば、絵の前で何秒くらい立っていればいいのだろうかというようなことだが、一枚目の絵の前で、私は動けなくなった。

妻が描かれていた。あるいは妻によく似た女なのかもしれないが、裸婦だった。髪をアップにして、こちらに背中を向けている。描かれているのは後頭部や背中や尻なのに、それが妻だと私にはわかった。

次の絵も、その次の絵も、妻を描いた裸婦だった。今度は顔がしっかり描いてあったので、疑いようがなかった。

だが、にもかかわらず不思議な感じがする。たしかに妻なのに、私が見たことがない表情をしているので、ドキリとしてしまう。

遠くを見ている絵があった。放心状態のような感じもする。哀《かな》しいのか嬉《うれ》しいのか、感情が読みとれない。なのに伝わってくるものがある。エロスとしか言いようのない、男の本能を揺さぶるなにかだ。単なる色香ではない。淫らなのに気品がある。じっと見ていると、淫らさこそが気品のようにも思えてくる。

こんな表情を……。

妻はどこの誰に見せているのだろうか。あるいは、モデルは妻でも、表情は画家の創作なのだろうか。

「失礼ですが……」

不意に後ろから声をかけられ、私はハッとして振り返った。

男が立っていた。白いシャツにダークスーツ。体つきは痩《や》せぎすで、ひどく色白なのに、猛禽《もうきん》類のように眼光が鋭かった。眉も太い。黒々とした髪をオールバックに流している。

「久我彪です」

名刺を渡された。ひと目見て、そうではないかと思った。

「穴井惣一郎さん、ですね？」

「え、ええ……」

私は訝《いぶか》しげに眉をひそめた。なぜ名前を知っているのだろうと思ったが、芳名帳を見たのだろう。

「まさか……いらっしゃっていただけるとは……」

久我は苦笑した。笑う意味が、私にはわからなかった。

「お茶をお願いします」

久我は受付の女性に声をかけると、画廊の中央にあるソファセットにうながしてきた。わけがわからないまま、私は腰をおろした。受付の女性がお茶を運んできた。

久我は気まずげな苦笑を続けている。

「びっくりしたんじゃないですか?」

声音をあらためて訊《たず》ねてきた。

私は曖昧に首をかしげた。

「希和子の……奥さんの絵ばかりで……しかも裸婦だ」

私は息を呑《の》んだ。なぜこの画家は、私の妻を呼び捨てにするのだろうか。そもそも、なぜ私が希和子の夫だとわかったのか。

「妻を……ご存じなんですか?」

もちろん、という表情で久我はうなずいた。

「古い付き合いなんです。彼女が十代のころから」

「……札幌で?」

「ええ」

久我は笑っている。思いだし笑いのようだが、余裕綽々《よゆうしゃくしゃく》のその笑顔が、私の神経を逆撫でにした。自分はおまえの知らない希和子を知っている——そう言われているような気がしたからだ。

「古い付き合いとは……どういう？」

よけいなことを訊《き》くべきではない、ともうひとりの自分が言っていた。彼の口から吐きだされる言葉は、私の心をしたたかに傷つけるガラス片のようなものだろう。わかっていても、訊かずにはいられなかった。

「男女の付き合いだったんでしょうか？」

「男女の……」

久我は眼を伏せ、不快な笑顔を浮かべながら大きく息を吐きだした。

「まあ、そうです。そうとしか言いようがないでしょうな……男女の……ええ、男女の付き合いでした……」

私が黙っていると、久我は問わず語りに話を始めた。

「知りあったのは私が三十七、八のころだから、もう二十年近く前になります。希和子は……奥さんは高校三年生でした。十七歳から十八歳になる、女がいちばん綺麗なころです。いや、そういう言い方は語弊があるな。少女時代のピークがそこにあって、大人の女に孵化《ふか》していく時期とでも言ったほうが正確かもしれない。とにかく私たちは出会った。私は当時、自分の絵を描くことにいささか倦《う》んでおりましてね。東京で描いても描いても評価がついてこないので、心が折れて都落ち、地元の高校で非常勤の美術教師をしていたんです。希和子の通っていた高校です……といっても、彼女は美術を選択していなかったし、美術部でもなかった。私は彼女に絵を教えたことはない。逆に教わったんです。誰が見ても眼を惹《ひ》く美少女でしたからね。モデルになってほしいと頭をさげて頼みました。彼女がモデルを務めてくれるなら、私は絵描きとして再生できる……正直、藁《わら》にもすがるような心境でしたよ。しかし、なかなか首を縦に振ってくれなかった。口説くのに何カ月もかかりました。春先に声をかけて、夏休み直前まで……ようやくイエスと言ってもらったときは、天にも昇る気持ちでしたな。まだ昨日のことのように覚えてますよ。私は早速、アトリエを借りました。金がなかったので廃工場でしたが、窓が大きくて光がよくまわった。学校の美術室で描く気は、最初からありませんでした。私は美術部の顧問をしてましたから、夏休みでも毎日のように学校に行っておりましたがね。私は私なりに、本気で描こうと思っていたんです。しかし、彼女を前にして絵筆を持った瞬間、描けなくなった。彼女は私のリクエストで白いワンピースを着てきてくれたんですけど、もうまったく、なにをどう描いていいのか、皆目見当がつかなくなって……私は考えているふりをしました。いかにも芸術家気取りでね。考える必要なんてないんです。ただ無心で絵筆をとればいいのに、どうしてもそれができない……一週間くらい、そんな状態が続きました。さすがに焦って、心を病みそうになりましたよ。希和子も気まずい顔をしています。当たり前ですよ。絵のモデルになってくれって頼んだのに、デッサン一枚描けないんですから……」

口調に熱がこもってきたので、喉が渇いたらしい。久我は湯呑みに残っていたお茶を一気に飲み干してから続けた。

「希和子は私に言いました。『どうすれば描けるんですか?』。そんなことは私がいちばん知りたかった。内心ひどく苛立っておりましたが、もちろん顔には出せません。『ヌードが描きたい』。私は言いました。『キミが裸になってくれたら、描けると思う』。なぜそんなことを言ったのか、いまでもよくわかりません。自棄《やけ》になっていたわけでも、欲望が口から出てしまったわけでもない。本当に、ひょっと口をついて出て言葉なんです。すると希和子は『だったら最初からそう言えばいいじゃないですか』と、怒ったように睨《にら》んできました。『わたし、最初からそのつもりでしたよ。絵のモデルって、ヌードになることだと思ってましたから』。そう言って、本当に服を脱ぎはじめたんです。下着まで全部……驚きました。雷に打たれたような衝撃を受けた。そのときの気分を言葉で説明することが、私にはできません。私は絵を描きました。混乱とか動揺とか、感嘆とか畏怖《いふ》とか、あるいは欲望とか衝動とか……嵐に遭った小船のように、いろんな感情に揺さぶられながら、私はとにかく、一心不乱に絵筆を振るった。スケッチブックに何枚も何枚も……うまい絵は描けませんでした。いやしくも画家を名乗る人間の絵なのか、という感じでしたが、かまいやしなかった。衝動に突き動かされるままに描きまくっていると、うまく描く必要なんて少しもないということがわかってきた。だから描くことができた。私は彼女に、絵描きとしていちばん大切なことを教わったんです……」

いい話なのかもしれない、と私は思った。ここで終われば、それなりに成功を収めた画家のサクセスストーリーとして、感動する向きがあってもおかしくはない。

だが終わらないだろう。ここから先、彼の話はにわかに生ぐさくなり、聞くにたえない薄汚いエピソードの連続になるような気がした。裸になった女子高生を相手に、この男はいったいなにをしたのか……。

人の気配がしたのは、そのときだった。

「よろしかったら、芳名帳にご記帳お願いできませんか?」

受付の女性の声が聞こえ、振り返ると希和子が立っていた。私を見て、棒を呑んだような顔をした。私は動けなかった。言葉も出ない。声をあげて希和子に近づいていったのは、久我だった。

「よく来てくれた……」

希和子の手を両手でつかんだ久我の両眼は、激しく血走っていた。長い告白をしたせいで神経が高ぶっているのかと思ったが、それだけはないようだった。危険な匂いがした。希和子も彼の異変を感じたようで、

「ごめんなさい。ちょっと……わたし、失礼します」

久我の手を振り払って画廊から出ていこうとした。久我が追いかける。私もソファから立ちあがり、あとを追った。受付の女性が呆然《ぼうぜん》とした顔で見送ってくる。

外に出ると、久我と希和子は階段の途中で揉《も》みあっていた。

「聞いてくれ。朗報があるんだ……」

久我は希子和の双肩をつかんでいる。

「ようやく妻が離婚に応じてくれた。私はもう、晴れて独身の身になったんだ。キミと結婚することだって……」

「わたしはもう結婚してます」

「別れればいいじゃないかっ！」

「馬鹿なこと言わないでくださいっ！」

「別れろよっ！　別れてくれっ！」

久我が希和子の双肩を揺さぶる。希和子の首が激しく前後し、美しい長い黒髪が乱れていく。

「おいっ！」

私は声をあげて階段を駆けあがった。

「なにやってるんだ、あんたっ！　暴力はやめろっ！」

「うるさいっ！」

久我は完全に頭に血が昇っているようだった。血走った眼で私を睨むや、ドンッと肩を突いてきた。バランスを失った私はあお向けに倒れた。背後はいま駆けあがってきた階段だった。転がり落ちた私は後頭部を痛打し、そのまま意識を失ってしまった。

3

私は自宅のベッドで天井を見上げている。

おそらく軽い脳震盪《のうしんとう》だったので、数分で眼を覚ました。妻は号泣しながら私の名前を呼び、私が意識を取り戻すと、一一九番に電話をして救急車を呼ぼうとした。

私は断ってタクシーで自宅に戻ってきた。

妻が付き添ってくれた。久我は顔面蒼白《そうはく》になりつつも、

「私は逃げも隠れもしない。警察に訴えるなら訴えてくれ」

などとタクシーに乗りこむ私に向かって言ってきたが、どうだってよかった。まったく反省していないことだけはよくわかった。芸術家よくたばれ、と私は胸底で吐き捨てた。この男は確信犯だ。どれだけ立派な絵を描こうが、人間としていちばん大事なものが欠落している。

「明日になったら……病院に検査に行きましょう……」

私の額に冷やしたタオルを置きながら、妻が言った。

「頭は怖いですから……何日か後に、症状が急変することもあるらしいし……」

「椅子を……」

私は言った。

「僕の椅子を……ここに持ってきてもらえませんか？」

妻は戸惑いながらも、リビングから私の愛用する木製の椅子を運んできてくれた。

「座ってください」

「……はい」

「話の続きを聞かせてください」

「えっ?」

　妻は困惑顔で首をかしげた。

「続きって……」

「あの画家が、昔話をいろいろしゃべっていたんです。最後まで聞きおえる前に、希和子さんが来てしまった。僕が聞いたのは、希和子さんが高校三年生のとき、ヌードモデルになったっていうところまでで……」

　妻の顔が紅潮した。

「その後、男女の関係になったんでしょう?　あの男には、家庭があったのに……」

　妻は黙っている。

　私もそれ以上はなにも言わなかった。真実を耳にしても傷つくだけだとわかっていたし、それは告白する妻も同じだろう。本能的に、いままでの浮気とは毛色が違うような気がしていた。

　妻は寝室から出ていくべきだった。

　どんな理由をつけてもそうすべきだったのに、

「久我さんは……」

話を始めてしまった。

「あの人は、わたしが初めてお付き合いした男の人なんです……」

予想はついたが、私は心臓に風穴を開けられた気がした。初めてお付き合いした男、つまり、処女を捧《ささ》げた相手、というわけだ。

「わたしが高校生で、向こうは非常勤講師とはいえ教師という立場にある人で、家庭もありましたから……悪いことですよね。そういう自覚はあったんですけど、わたしも子供だったし……みんなに隠れて悪いことしてるっていうのが、刺激的ですらあったんです。よく札幌の街でデートしました。久我さんが連れていってくれるのは大人びたお店ばかりで、いま考えると普通のカフェとかなんですけど、当時の私にはとても格好よく思えた。たぶん、話している内容が格好よかったからです。同級生の男の子とは全然違って、やっぱり知的なんです。知的なのに、愛されてるって感じはひしひし伝わってくるから、子供だったわたしはもう……すぐに夢中になりました。でもやっぱり、悪いことは悪いわけで、わたしたちが楽しんでいる陰で、傷ついてる人がいたわけで……言うまでもありませんよね。久我さんの奥さんです。すごいエキセントリックな人でした。一度デートしているとき街でばったり遭遇してしまったことがあるんです。わたし、髪の毛つかまれて、車道に突き飛ばされそうになりました……殺されるって思いました……本当に怖かった……でも、話を聞いたらそれも当然っていうか……なんと言うか……奥さんは久我さんより七つか八つ年上で、もともとモデルをしてたらしいんです。売れないモデルって久我さんは言ってましたけど、久我さんが絵で食べていけない時代、エッチな雑誌で脱いだりして生活費を稼いでいたみたいで……そこまでして支えていた夫に裏切られたら、それはもう、正気を失うくらい怒るに決まってますよね……」

私は息を呑まずにいられなかった。当時、久我は三十七、八歳と言っていたから、七、八歳年上の妻は四十代半ば。いくら元モデルとはいえ容姿の劣化には抗《あらが》いきれず、そんなときに夫が美しい女子高生と懇《ねんご》ろになったら……考えただけで、寒気がしてくる。

「わたしは東京の大学に進学することにしました。奥さんも怖かったけど、そのままずるずる関係を続けちゃうのも、なんだか違う気がしたし……でも、久我さんはわたしを追いかけるように上京してきて……奥さんと子供を札幌に残して……ひどいですよね。家庭を簡単に捨てようとしたあの人を、わたしは尊敬できませんでした。でも……別れることもできなかった。別れようとしたことは、何度もあります。

実際、何カ月も会わないことも……その間にわたしは、別の人と付き合ったりしてたんです。久我さんのことを忘れさせてほしいって思いながら……でも、そんなことを考えてお付き合いしても、うまくいくわけないですよね。結局は、彼のところに戻ってしまう自分がいました……」

私は、妻の大学時代の友人たちに聞いた話を思いだしていた。冗談まじりではあったけれど、異常にモテて、男を取っ替え引っ替えしていたという証言を耳にした。さらには、やりまん疑惑まで……。

その裏には、久我の存在があったらしい。彼女にとって、初めての男の存在が……。

「どうしてあの人にそんなに惹かれるのか、わたしにはわかりませんでした。いまでこそそれなりに画家として成功してますけど、わたしを追いかけて上京してきたころは絵なんて全然売れなくて、そのくせ芸術家としてのプライドがあるから仕事もしない……お金にルーズなところが、本当に嫌でした。友達とか親戚とか恩師とか、とにかくお金を借りまくるだけ借りまくって、いっこうに返そうとしないんです……もちろんわたしにも……社会人になって仕事を始めると、お金のありがたみって身にしみてわかってくるじゃないですか？　だからなおさら、お金にルーズなあの人が許せなかった。でも……しかたがないって、あるとき思ったんです。そういう人を好きになっちゃったんだから諦めるしかないって。いっそのこと、わたしが全部背負っていけばいいって。三十歳になったときです。正式に奥さんと離婚して、結婚してほしいって言いました。彼はあわてました。あんなにあわてたあの人を、初めて見ました。ちょっと待ってくれとか、相談するとか言ってましたけど、結局は離婚までするつもりはなかったんですよね……わたしは失望しましたし、軽蔑もしました。この人はいったいなにがしたいんだろうって、本当にわからなくなって……」

「別れたわけですか？」

「……はい」

「いままでも何度となく別れてきたけど、そのときばかりは本気の本気で、二度と会わないつもりで別れて、その後、僕と結婚した……」

「……はい」

「嘘《うそ》だ」

私は力なく首を振った。

「希和子さんは嘘をついてる」

妻の美貌が歪《ゆが》んだ。

「僕と結婚してからも、希和子さんはあの男と連絡をとりあっていた。さっきの画廊で、あの男はすぐに僕が希和子さんの夫だって気づきましたよ。芳名帳に書いた名前を見てね。つまり、どこの誰と結婚したのか、希和子さんはあの男に教えている」

「それは……」

妻はあわてて言葉を継いだ。

「たしかに結婚したことは伝えましたけど、それこそ本気で別れるつもりで……」

「どうですかね」

私は苦笑した。我ながら嫌な感じの笑い方だった。

「あの男は、僕が希和子さんの夫だってわかっても、余裕綽々でしたよ。希和子さんは自分のものだと言わんばかりに……」

「そういう人なんです。根拠もなく自信満々な」

「僕は当て馬なんでしょう？」

妻の顔色が変わった。ほんのわずかだったが、私は見逃さなかった。

「当て馬なら当て馬だって、はっきり言えばいいじゃないですか」

女子大生時代に浮き名を流した男たちのように、私の立場はみじめなものなのだろう。人も羨む男たちと付き合ったところで、希和子の心にはたったひとりの男が居座り続けていたのである。

全身から力が抜けていく。これはもはや浮気ではない。童貞の森野だの、サディストの佐谷だのの場合は、混じり気のないピュアな浮気だった。私は怒ったり哀しんだりして、それを糾弾すればよかった。しかし、久我の場合は……。

私のほうが浮気相手なのかもしれない。

妻の戻るべきところは久我のところで、私との結婚など、ふたりの愛を確かめあうための、茶番劇みたいなものだったのではないか……。

妻は下を向いて押し黙っている。

否定する言葉さえ吐かない。

私は不意に、笑ってしまいそうになった。自嘲の乾いた笑いだ。打ちのめされたようにうなだれていても、妻はすこぶる綺麗だった。悲嘆する表情や態度にさえ、華があり、艶がある。これほどの美女が、私の妻に収まっているほうがおかしいのである。

久我のような芸術家なら、彼女と釣りあいがとれるのかどうか、それはわからない。しかし、少なくとも、私と釣りあいがとれていないことは確かだった。こんなうまい話があるはずなかったのだ。実は当て馬だったという結末のほうが、私には相応《ふさわ》しい気がする。茶番劇のできのよくないエキストラとして、無慈悲に見捨てられる運命のほうが……。

「なにか……」

掠《かす》れた声で訊《たず》ねた。

「なにか言うことはないんですか？」

「……ごめんなさい」

妻は涙の浮かんだ眼をこすりながら立ちあがり、寝室から出ていった。

4

私は諦めの悪い男だった。

往生際に追いこまれて、それが初めてわかった気がした。

間違いなく、妻の気持ちは久我に傾いていた。私を捨ててあの男に走る決断をくだすかもしれないし、結婚生活を維持するにせよ、久我と完全に切れることはないだろう。たとえ離れて暮らしていたとしても、妻の気持ちはあの男の元にある。おそらく、久我が希和子を愛している気持ちより、妻のほうがずっと強くあの男を愛している。

だから他の男と付き合うのだ。そうしないと、心のバランスがとれないのだ。嫉妬を煽《あお》るつもりもあるだろうし、別れを匂わせて久我を焦《じ》らせようともしているのだろう。たとえ無意識でも……。

百歩譲って、付き合うだけならまだいい。しかし、結婚はやりすぎだった。私たちは結婚式を挙げていないけれど、私は妻を永遠に愛することを神に誓っていた。それが、裏にこんなカラクリがあったなんて……。

抵抗しなければならなかった。

無抵抗で、こんな馬鹿げた話を受けいれられるわけがない。

私は妻を失いたくなかった。まるで子供じみた駄々のようだが、希和子を失った人生に、なんの意味も見いだせそうになかった。

妻にとって私は、単なる「都合のいい男」なのかもしれない。しかし、曲がりなりにも三年を超える時間をひとつ屋根の下で過ごし、お互いの浮気という荒波を乗り越えてきたふたりだった。絆《きずな》があるはずだと思うのは自惚《うぬぼ》れだろうか。久我と歩んだ過去より、自分と歩む未来に希望を見いだしてほしいというのは、自分勝手なひとり相撲《ずもう》なのか……。

私は久我に会いにいくことにした。

会ってどうするというアイデアがあったわけではない。恨みつらみを言いたかったわけでも、階段から突き落とされた復讐《ふくしゅう》をしようと思ったわけでもない。しかし、会わなければならないと思った。

翌日。

いつものように午前中で家事を終えた私は、銀座に向かった。久しぶりにスーツを着て、ネクタイをして出かけた。たいした意味があるわけではなかったが、そういう気分だった。

画廊は静かだった。受付の女性は不在で、久我がひとり、ソファに腰かけていた。ゆっくりとこちらを向くと、柔和な笑みを浮かべた。

「怪我《けが》は大丈夫ですか?」

頭の後ろをさすりながら言ったので、私はカチンときた。いや、そんな生やさしい感情ではない。憤怒で全身の血が逆流していくようだった。

「あんたの辞書には、謝罪って言葉はないんですか?」

私は声を尖らせて言った。

久我は笑っている。

「大丈夫ですかじゃなくて、申し訳ございませんだろ?」

まだ笑っている。

私は完全にキレた。壁に向かってツカツカと歩いていくと、飾ってある絵を乱暴に剝がし、床に放り投げた。ワイヤーがちぎれ、額縁が割れる嫌な音がした。画廊を支配する気取り倒した静寂を、この手で切り裂いてやった。

さすがに久我の顔色が変わった。だが、とめてはこない。私はもう一枚、壁から剝《は》がした。三枚目は、剝がすだけではなく、思いきり壁に叩《たた》きつけた。

「ちょっとっ、なにやってるんですかっ!」

奥の控え室から女が飛びだしてきて、私の腕をつかんだ。この間、受付にいた女性だ。この画廊のオーナーか支配人なのだろう。

「逃げも隠れもしませんよ。警察に訴えるなら訴えてください」

私は久我に対する意趣返しを口にしたが、

「当たり前です。冗談じゃありませんよ」

女性はポケットからスマートフォンを取りだし、一一〇番にかけようとした。

「いいんだ、中田《なかた》さん……」

久我がソファから立ちあがり、女に近づいていく。肩に手を置き、諭すような表情でささやく。

「ちょっと個人的な事情があるんだ」

「でも先生、この絵、もう売約済みなんですよ」

「私が責任をとる。だから、ちょっとふたりきりにしてくれ。頼む」

中田と呼ばれた女は釈然としない顔をしていたが、ふうっとひとつ息を吐きだしてから、カツカツとハイヒールを鳴らして画廊から出ていった。

耳が痛くなるような静寂が、画廊の中を支配した。

「ご主人……」

久我は横顔を向けたまま声をかけてきた。

「あなたはどうやって、希和子と知りあった？」

私は黙っていた。

「希和子のどこを愛してる？」

「関係ないだろ、あんたには」

「たしかに関係ない……だが……希和子は悪い女だよ」

久我は嚙みしめるように言った。

「彼女を愛するってことは、毒を飲むみたいなことなんだ。私には、もうとっくに毒がまわっている。だが、キミにはまだ救いがある」

「……毒？」

私が睨みつけると、

「毒としか言いようがない……」

久我は息を吐きだしながら言った。

「希和子は男を狂わせるためならなんでもする女なんだよ。浮気だろうが、駆け落ちだろうが、あるいは……結婚まで……」

「あんたがそういう女にしたんじゃないのか？」

「どうだろうな……」

久我は、私が壁に投げつけた絵を拾いあげた。金箔《きんぱく》の額が割れ、絵が折れ曲がっていた。描かれているのは希和子だった。立ち姿の裸婦像で、乳房も恥毛も描きこまれた、展示された中でももっとも露出度の高い作品だった。震えるほど気品に満ちた裸身と美貌が、無残にひしゃげていた。

「彼女と付き合いはじめたとき、私にはたしかに妻子がいた。だが、そんなことはよくある話だ。私は元妻や子供に対しての責任から逃げるつもりはなかったよ。ただ、希和子と静かな生活を望んだだけだ。しかし希和子は、そうじゃなかった。不倫の愛に身を焦がす、ひりひりした感覚を忘れられなかったんだ。希和子は札幌の街を愛していた。高校を卒業したら、地元の大学に進学する予定だったんだ。なのに突然、東京に行くと言いだした。一緒に行こうと私を誘ってきた。妻子を捨てろと迫ってきたんだ……離婚は簡単ではなかった。結局正式には別れられないまま、私が希和子を追いかけて上京したのは、六月になってからだった。たった二カ月待たせただけで、希和子は男をつくっていたよ。修羅場が待っていた。相手の男も希和子にぞっこんだったからね。だが、こっちだってわざわざ東京まで追いかけていって、諦めるわけにはいかない……」

久我は遠い眼をして長い溜息《ためいき》をついた。

「本当に大変だった。私もまだ若かったし、不器用だったから、たくさん傷つけあったよ。この修羅場さえ乗り越えれば……私はそういうつもりだった。彼女もそうであってくれればよかったんだが……その一件が片付いても、男をつくるのをやめなかったな……」

「どうして？」

私はうわずった声で訊ねた。

「どうして別れようとはしなかったんです？　普通、別れるでしょ？　自分以外に男をつくられたら……」

久我は質問には答えずに、笑った。余裕綽々の笑みではなく、疲労の塊がそこにあるような笑い方だった。なのにどこか清々《すがすが》しい。別れられるわけないだろう、と言いたいようだった。私はそれ以上、なにも訊ねる気にならなかった。久我がそう思う理由が、痛いほどよくわかったからである。

「私は一度として、希和子を許したことがない……」

久我は言った。

「口では許すと言ったとしても、本当のところは……私は浮気する希和子を憎んでいる。されたときも、いまでも……だが、どうしても別れられない。この二年ばかり、彼女とは疎遠になっていた。それでも、別れたつもりはない。会わない間に私は、頑《かたく》なに離婚を拒否する妻を説得しつづけていた。きつかったが、ようやく自由の身になれた。もちろん、希和子と結婚するために私は妻子を捨てたんだ……」

私にあてつけるように、久我は「結婚する」というところを、とりわけ強い口調で言った。

「これはもう……運命なんだよ」

私はソファから立ちあがった。久我を一瞥《いちべつ》もせず、画廊を後にした。

5

私はあてどもなく歩いた。

午後の陽射《ひざ》しはまぶしかったが、風はすっかり冬のものだった。なのに私は汗をかいている。歩けば歩くほど噴きだしてくるのは、冷や汗なのか脂汗なのか。銀座の雑踏を離れ、人がいない方、いない方へと足を向けて歩いていると、公園に出くわした。日比谷《ひびや》公園だ。

園内に入り、噴水広場のベンチに腰をおろした。時刻は午後二時、すでに昼の弁当をひろげるサラリーマンやＯＬの姿もなく、だだっ広い空間が茫洋《ぼうよう》とひろがっていた。

私の頭の中は真っ白だった。

暴力的な衝動の残滓《ざんし》が体を震わせていた。画家の作品を傷《いた》めてしまったことに後悔はなかったが、私は元来、暴力とは無縁の人間だった。どれだけ心を乱しても、人や物にあたったことはない。なのにやってしまった。そんなつもりはなかったのに、我を失って暴れてしまった。

みっともない……。

自分の行為を振り返って、出てくる言葉はそれだけだった。久我が反撃してこなかったことが、なおさら私をみじめにさせた。あの男の、希和子に対する愛は揺るぎない。鍛えあげられた強さがある。希和子に鍛えあげられたのだ。彼女の無慈悲な裏切りに……。

——希和子は悪い女だよ。

久我の台詞《せりふ》が耳底でリフレインしつづけている。そう言いながら浮かべた複雑な表情が、頭から離れない。

あの男は酔っていた。

敗北に酔い、不幸に酔い、堕落に酔っている人間は、煮ても焼いても食えない。鼻をつまんで通りすぎるしかない存在であるが、私は久我が羨ましかった。他でもない、それが希和子を愛した結果だからである。

——私は一度として、希和子を許したことがない。

つまり、一度として愛することをやめなかったということだ。

希和子が高校三年のときからだというから、その関係は十八年間にも及ぶ。それだけの長きにわたって、あの男は希和子とくっついたり離れたりしてきた。時に修羅場を演じながらも、別れられなかった。

もちろん、悪いことばかりではなかったはずだ。裏切ってなお愛することをやめなければ、希和子は歓喜する。セックスが盛りあがる。私のときもそうだった。浮気を乗り越えるたび、夫婦生活は熱を帯び、刺激を倍増して、まるで脱皮するかのように、新しい快楽のステージに昇ることができた。

久我もそうだったのだろう。大学時代の友達の話によれば、希和子が浮き名を流した相手は、青年実業家だのパワーエリートだの大学教授だの、いずれ劣らぬ成功者ばかりだったらしい。それらの男に、久我はことごとく勝ってきたのだ。奪いあったすえに、希和子を側《そば》に置きつづけたのだ。

希和子……。

公園のベンチでうなだれているうちに、気がつけばあたりはとっぷりと暮れていた。五、六時間があっという間に過ぎてしまったらしく、私はさすがに怖くなった。時間の感覚を失っているのは、正気を失っているなによりの証拠だ。考えれば考えるほど、私を待ち受けている未来は暗かった。希和子を久我に奪われることが必然に思えた。正気でいられるわけがなかった。

ベンチから立ちあがり、ふらついた足取りで歩きだした。

有楽町《ゆうらくちょう》の駅のまわりは酒場の看板に灯がともり、一日の疲れを癒やす一杯を求めて、サラリーマンたちがごった返していた。私は酒を飲む気になれず、さらに歩いた。銀座はまだ閑散としていた。夜の蝶《ちょう》が金もちの男たちに群がるのは、もう少し時間が深くなってからなのだろう。

私の足は自然と画廊に向かっていた。

他に行くべきところが思いつかなかった。その一角は酒場の類いがなかったので、早くも眠りについたような静寂に包まれていた。

階段で地下に降りた。画廊はすでに閉まっていた。ガラス張りのドアから、中が見えた。ダウンライトがいくつか灯《とも》されただけの薄暗さで、もちろん人影もない。私が絵を剝がしたところは、壁にぽっかりと空間ができていた。なんだか、前歯の欠けた顔のように間抜けだった。

こんなところにやってきて、いったいなにをするつもりだったのか……。

間抜けと笑えないくらい、徹底的に破壊すれば気がすむのか。あるいは久我本人を、立ちあがれないほど痛めつければ納得するのか。

馬鹿馬鹿しい。

そんなことをしたところでなんになる。妻に離婚の理由を与えるだけだ。久我に妻を奪う正当性を与えるだけだ。

踵《きびす》を返そうとすると、人の気配を感じた。振り返った私の眼に映ったのは、薄闇の中でうごめく人影だった。男と女だった。久我と希和子だ。奥の控え室にいたらしい。黒いスーツに黒いドレス、ふたりともフォーマルパーティにでも出かけるような格好をしている。

私はあわててガラス張りのドアの前でしゃがみこんだ。隠れたとはとても言えない状態だったし、そもそも隠れる必要もない気がしたが、反射的にそうしてしまった自分が情けなかった。

画廊の中の男と女は、不届き者がのぞいていることなど、チラとも頭をかすめていないようだった。立ったまま抱きあい、唇を重ねた。唾液が糸を引くような、濃厚なディープキスだった。

私は唖然《あぜん》とした。

たとえふたりが運命の赤い糸で結ばれているとしても、希和子は現在、私の妻なのである。愛しあいたいなら、まず筋を通すべきだった。私が離婚に応じるかどうかはわからないが、まだまともな話しあいもされていない。にもかかわらず、こんなことをするのは完全なるルール違反である。

しかし……。

頭に血が昇った私が中に踏みこんでいけないほど、ふたりのテンションは高かった。ねちっこく舌と舌とをからめあわせては、見つめあい、瞳を潤ませていく。腕をつかみあう指先にさえ、お互いを求める切羽つまった感情がこもっている。

やがて久我は、妻の体を壁際に寄せていった。私が絵を剝がし、ぽっかり空いているところだ。

久我は妻の背中を壁に押しつけると、黒いドレスを乱暴に脱がし、紫色のランジェリーを露《あら》わにした。

私は驚愕《きょうがく》した。

妻がガーターストッキングを着けていたからだ。ブラジャーのカップは浅く、ショーツはきわどいハイレグだった。それだけでもかなりセクシャルなのに、腰にガーターベルトを巻き、セパレート式の黒いストッキングをストラップで吊《つ》った姿は、眼を見張るいやらしさだった。

妻がそんなランジェリーを所有していることを、私は知らなかった。妻は下着に贅沢《ぜいたく》をするタイプだが、あきらかに男の眼を意識している。私ではなく、久我の眼を……。

「素敵だよ……」

久我は熱っぽくささやきながら、妻の体をまさぐりはじめた。ブラ越しの乳房、ガーターベルトの巻かれた腰、セパレート式のストッキング、そこからはみ出した生身の太腿《ふともも》まで、舐《な》めるように手のひらを這《は》わせていく。

妻は抗《あらが》わない。うっとりした眼つきで宙を眺め、眉根を寄せていく。

「ずいぶん熱くなってる……」

股間に食いこんだハイレグショーツに、久我の指が這った。

「久しぶりだから……」

妻が笑う。羞《は》じらいや照れくささを垣間《かいま》見せながらも、たまらなく妖艶な笑顔をつくって、久我の鼻息を荒げさせる。ガーターベルトのストラップの上から、妻はショーツを穿《は》いていた。つまり、ショーツだけを先に脱がせられる。久我はそれを確認すると、早速脱がそうとしたが、

「待って」

妻が久我の手を押さえた。

「ずいぶん無粋なやり方ね。女の下着を、そんなふうに脱がさないで」

「……なるほど」

久我は血走った眼でうなずくと、その場にしゃがみこんだ。従順な犬のように四つん這いになって、妻の腰に顔を近づけていく。ショーツのサイドに嚙みついて、ずりさげはじめる。

驚いたことに、久我は手を使わず、口でショーツを脱がしはじめたのだった。さらに驚きなのが、それを命じたのが妻だったことだ。

久我は鼻息を荒げながら、ショーツの片サイドをずりさげ、バランスをとるために逆側も同じようにずりさげる。少しずつ、妻の下腹が露わになっていく。優美な小判形をした黒い草むらが顔をのぞかせると、妻は一瞬、天を仰いだ。大きく息を呑《の》んでから、再び久我を見やる。視線と視線がぶつかりあい、淫らなほどにからまりあう。

「匂う……匂うぞ……」

ショーツをずりさげながら、久我が取《と》り憑《つ》かれたような顔で言う。

「もうこんなに匂ってるなんて……濡《ぬ》らしてるのか？　もうぐっしょりになっているのか？」

妻は答えない。瞳だけをねっとりと潤ませて、四つん這いになっている久我を見下ろしている。ショーツがおろされていく。恥毛がすべて露わになる。ガーターベルトとガーターストッキングを着けているのに、黒い草むらをすべて露出した妻の姿は、この世のものとは思えないほどエロティックだった。私は瞬《まばた》きを忘れて凝視した。握りしめた手のひらに、汗が滲《にじ》んでくる。

久我はショーツを脚から抜くと、妻の片脚を持ちあげた。肩に担ぐような体勢になって、クンニリングスを開始した。

「あああっ……」

妻が白い喉を突きだしてのけぞる。両手で壁を押さえ、片脚を持ちあげられた格好で、腰をくねらせて悶《もだ》えはじめる。

私は迂闊《うかつ》にも見とれてしまった。

もちろん、はらわたが煮えくりかえるほどの憤怒に駆られていたし、ジェラシーで胸を掻《か》き毟《むし》りたかった。命より大切に思っていた愛妻が寝取られているのだ。いますぐ扉を開けて中に踏みこむべきだし、鍵がかかっているならガラスを割ってでも不貞をとめるべきだった。

なのに動けない。久我のクンニリングスに身悶え、眼の下を生々しいピンク色に染めていく妻をむさぼり眺め、ハアハアと息をはずませる。ズボンの中のペニスは痛いくらいに勃起して、先走り液まで漏らしている。

最低だった。

自分は最低の男だと、魂が絶望に塗り潰されていく。

久我が立ちあがり、ズボンとブリーフをさげた。勃起しきった男根を取りだし、妻の片脚をあらためて抱えあげる。立ったまま、前向きで挿入していく。

「あううううっ！」

妻はのけぞって白い喉を突きだした。

まるで一幅《いっぷく》の絵画のような光景だった。犯されている妻は、久我の描いた絵など比べものにならないオーラを放ち、私を虜《とりこ》にした。美しく、麗しいのに、淫らだった。この世の美を支配する官能を、一から十まで全部持ちあわせているようだった。もう我慢できなかった。私はベルトに手をやり、はずそうとした。自慰がしたくていても立ってもいられなくなったそのとき——。

背中から肩を叩かれた。

振り返ると、妻が立っていた。黒いドレスでも紫色のセクシーランジェリーでもなく、濃紺のタイトスーツ姿だった。

私は驚いて、画廊の中をあらためて見た。

誰もいなかった。

私が絵を剝がした壁には、間の抜けた空間がぽっかりと空いていた。

6

私はやはり、正気ではなかったようだ。

夢かまぼろしか、ありもしない光景を見て心を千々に乱し、あまつさえ自慰までしようとしていたのだから救われない。

「なにをしてるんですか？」

妻が訊ねてくる。そっちこそなにをしている、と私は思った。妻が閉店後の画廊にやってくる理由などひとつしかない。

久我との待ちあわせだ。私は頭に血が昇り、妻の手を取って歩きだした。これもまた、夢かまぼろしかもしれなかった。それならそれで、眼が覚めるまで好き放題に突っ走ってしまえばいい。

タクシーを停《と》め、向かった先は東京駅だ。東北新幹線の、仙台《せんだい》行きの最終に乗りこんだ。

　その日は平日で、妻は翌日も仕事があるはずだった。なのになにも言わず、ただ美貌をこわばらせている。あるいは、私が怖くてなにも言えないのかもしれない。私は殺気立っていた。鏡を見なくても、眼つきがおかしくなっていることを自覚できた。

「今日は仙台で一泊して、明日、朝イチで札幌に向かいましょう」

　唐突な宣言に、妻は言葉を返してこなかった。隣の座席を見ると、寝息をたてていた。ひどく疲れている様子で、新幹線の中でもずっと寝ていたし、仙台駅前のビジネスホテルの部屋に入ると、ふたつあるシングルベッドのひとつに、スーツを着たままもぐりこんだ。

　寝たふりをしているのかもしれない。

　私が油断して眠りに落ちた瞬間、逃げだそうと思っているのでは――そんなことを考えながら、私は一睡もせずに妻を見張っていた。夜が明けると、起こして空港に向かった。

　電車の中で、妻はしきりにメールを打っていた。職場の人間に欠勤を伝えているのだろう。社長が突然休むとなれば面倒も多いはずだが、私にはなにも文句を言わ

なかった。私もまた妻に謝らなかった。妻が一連の騒動の決着をつけたがっている
ことが、ひしひしと伝わってきたからだ。

決着……。

つまり別れである。別れ話を切りだす前に、好きにさせてやろう——妻の態度に
は、そんな雰囲気が濃厚に漂っていた。

仙台空港から新千歳《しんちとせ》空港まで飛行機で飛び、そこから快速電車で札幌市内に入っ
た。正午前についた。天気は快晴だったが、異様に寒かった。

北の大地に吹く風は凍えるようで、私も妻もコートを持っていなかったから、駅
から出た瞬間、震えながら身を寄せあってしまった。

「どこか、食事ができるところはないですか？　温かいものがいい」

妻にとっては故郷でも、私が北海道に足を踏み入れたのは初めてだった。味噌《みそ》ラ
ーメンとかスープカレーとかジンギスカンとか、そういう名物料理屋に連れていっ
てもらえることを期待したのに、妻が向かったのは歴史を感じさせる、それゆえ若
者からは敬遠されそうな古めかしいカフェだった。

レンガ造りの一軒家で、店に入ると妻は迷わず二階への階段を昇っていた。窓際
の席から札幌の街並みが見渡せた。ランチタイムにもかかわらず、それほど客は入

っていなかった。私たちは温かいコーヒーで暖をとり、サンドウィッチで腹を満たした。予想に反して、どちらも驚くほど旨《うま》かった。

「綺麗な街ですね……」

私は窓の外を見下ろして言った。

「一度見てみたかったんです。希和子さんが生まれ育った街……」

「わたしが生まれ育ったのは、札幌じゃありませんよ」

妻は力なく笑った。

「美唄《びばい》っていう、ここからクルマで一時間以上かかる田舎《いなか》。札幌には高校に通うために来てて、アパートを借りてひとり暮らしをしてたんです」

「……そうだったんですか」

「言ったと思いますよ。入籍するとき。本籍も美唄だったし」

「……すいません」

どうやら私は勘違いしていたらしい。高校が札幌という話が印象に残っていたせいで、生まれも育ちも札幌だと思いこんでいたのだ。

「でも、札幌にも思い出があるでしょ？　住んでいたんだから」

「それは……まあ……」

妻は困ったように苦笑した。

「いまは、あんまり……思いだしたくないですけど……」

久我との思い出にあふれているのだ、と私は直感した。それならば、新幹線と飛行機を乗り継いで、わざわざやってきた甲斐《かい》があったというものだ。

「この店、久我と来たことありますか？」

妻は眼をそらした。

「あるんですね？　いい店ですもんね。コーヒーが旨いし、居心地《いごこち》もいい。カップルが時間を忘れておしゃべりをするのに、うってつけの店だ」

「……なにが言いたいんですか？」

妻が訝《いぶか》しげに眉をひそめる。

「他にもあるなら、連れていってほしいんです」

私はまっすぐに彼女を見て言った。その美貌が苦々しく歪んだ。

「お茶を飲むだけじゃなくて、一緒にごはんだって食べたでしょ？　デートとかも……そういうところに連れていってください」

「……どうして？」

妻が哀しげな顔で首をかしげる。

「思い出を、塗り替えるために……」

私は言った。我ながら馬鹿馬鹿しい思いつきだった。

「希和子さんとあの男は、十八年間の腐れ縁かもしれません……」

妻は黙っている。

「でも……それなら僕とは、二十年、三十年……死ぬまでの腐れ縁になってもらいたい……」

妻が息を呑んで見つめてくる。重苦しい沈黙がふたりの間に流れる。

「行きましょう」

私は伝票を取り、立ちあがった。

妻は私の希望を渋々聞き入れ、思い出の場所を案内してくれた。札幌に来たことがなかった私でも知っているような、展望台とか時計台とか観覧車とか、あるいはすすきのの大通公園には近づこうともしなかった。遊具もろくにない児童公園や、遊歩道が整備されていない川べりの道、地域の小さな図書館、そんなところばかりに連れていかれた。はっきり言って、風が冷たい以外に札幌らしさは皆無だった。

歩き疲れて「小腹がへりましたね」と言うと、年季の入った中華料理屋の暖簾《のれん》をくぐらされた。ラーメンの味はそれなりに美味だったけれど、

「十八年前には、もっと繁盛してたんですか？」

私は訊ねずにはいられなかった。

「いいえ、昔からこんな感じでした」

妻は遠い眼で答えた。

なるほど……。

妻と久我がこの街で暮らしていたとき、ふたりは女子高生と美術教師だったのだ。人目を憚《はばか》る必要があるから、賑《にぎ》やかな場所でデートすることなどできなかったのである。

そう思うと、どこの街にもありそうな地味な散歩コースや年季の入った店が、にわかに輝かしく思えた。そういうところで、女子高生だった妻と身を寄せあっていた久我のことが、地団駄を踏みたくなるほど羨ましかった。

「どうします？」

暮れはじめた空を見て、妻が言った。

「そろそろ泊まるところを決めたほうがいいです。寒いし……」

同感だった。コートもないまま意地になって歩きつづけたので、全身が冷えきっているし、足は棒のようになっていた。

「あの男と……久我と行ったラブホテルに泊まりましょう」

私の言葉に、妻の顔色が変わった。さすがにデリカシーのない提案だったかもしれない。だが、私だって簡単には引きさがれない。嫌がられるのを承知のうえで、わざわざ北海道までやってきたのである。結婚が決まったときでさえ、足を運ばなかったというのに……。

「ラブホテルなんて行ったことありません」

妻は言い、深い溜息をもらした。

「わたしは当時、アパートでひとり暮らしだったから……」

セックスはそこでしていたということらしい。

私はしかたなく、スマートフォンでなるべく近場のホテルを探し、予約を入れた。もう歩きたくなかったので、タクシーで移動した。

できることなら、妻の女子高生時代のことを、もっとよく知りたかった。デートコースだけではなく、住んでいたアパートや通っていた高校、毎日歩いた通学路も見てみたかった。通学途中で買い食いをした飲食店、服を買ったセレクトショップ、映画館、野球場、プール、読んでいた本や聴いていた音楽まで、なにもかも……。

だが、私はもう疲れ果てていた。

考えてみれば、これは妻とする初めての旅行だった。雄大な景色を眺めながら温泉に浸《つ》かれるリゾートホテルにでも泊まればよかったのかもしれないけれど、ネットで探す気力さえ残っていなかった。最初で最後の旅行になるかもしれないのに、最低最悪の思い出になりそうだった。

市街地にある、これといって特徴のないビジネスホテルにチェックインした。昨日と似たようなツインルームだった。

妻は部屋に入るなり、再びスーツを着たままベッドにもぐりこんだ。啞然とする私を尻目に、すぐに寝息をたてはじめた。

妻も疲れ果てているらしい。

まだ午後七時を過ぎたばかりだったが、私も寝ることにした。妻が逃げないように見張っていることは、もうできなかった。

7

眼を覚ますと、隣のベッドがもぬけの殻だった。

私はあわてなかった。バスルームからシャワーの音が聞こえていたからだ。窓の外は暗い。枕元のデジタル時計は午前二時を表示している。寝たのが早かったので、まだ深夜だ。

窓の外も暗かったが、部屋の中もまた暗かった。枕元のスタンドをつけ、少し明るくする。ダークオレンジの柔らかい光は悪くなかったが、殺風景なビジネスホテルの部屋にいる実感が強まった。自宅の寝室が恋しかった。

しばらくすると、バスルームの扉が開いて、妻が出てきた。ホテルに備えつけの薄っぺらいバスローブを着ていた。髪をアップにまとめているから、白いうなじと黒い後《おく》れ毛《げ》が見えた。セクシーだった。湯上がりでピンク色に上気した素肌もそうだ。見ているだけで、いい匂いが漂ってきそうだ。

「ここのお風呂……」

妙にすっきりした顔で話かけてきた。

「ビジネスホテルなのに、とっても広いですよ」

「へええ……」

私もシャワーが浴びたかった。昨日も風呂に入っていないので、いささか気持ちが悪い。立ちあがって、バスルームに向かおうとすると、

「あのう……」

妻の声に引きとめられた。

「ここのお風呂、とっても広いから……」

恥ずかしそうにうつむく。

「背中くらい、流しましょうか？」

「えっ……」

私は一瞬、言葉を返せなかった。妻と一緒に風呂に入ったことなどない。もちろん、背中を流してもらったことだって……。

「たまにはいいじゃないですか」

妻が近づいてきて、私のＴシャツを脱がしてきた。続いてブリーフもめくりさげられ、脚から抜かれる。

男の器官は下を向いていた。妻を前にして、そんなことは珍しいことだった。射精を果たしたあとでさえ、しばらく勃起はおさまらない。妻の眼に、勃起していないペニスをさらすことは、なんだかとても恥ずかしい気がする。

妻がバスルームの扉を開け、一緒に中に入った。たしかに広かった。狭苦しいユニットバスではなく、浴槽も洗い場も広い。

妻はバスローブを着たままだったが、きびきびと動いた。浴槽に湯を溜めはじめ、椅子をセッティングする。

「どうぞ」

とうながされ、私は腰をおろした。正面が鏡だった。脚を開いて座っていると、勃起していないペニスがひときわみじめで隠したくなったが、そんなことをすればよけいにみじめになるだろう。

妻はシャワーヘッドを手に、私の背後にまわってきた。湯を出して、背中にかけてくる。

「お湯加減はどうですか？」

悪戯《いたずら》っぽく笑った。妻の笑顔を久しぶりに見たような気がした。

「なんだかソープランドみたいですね？」

「あら、惣一郎さんでも、そんなところで遊んだことあるんですか？」

「いや、まあ……ないけれども……」

遊んだことはなくても、確かなことはひとつある。妻ほど美しい女が、ソープランドで働いているわけがないということだ。

妻が手のひらにボディソープを取り、背中に塗りたくってくる。ヌルヌルした感触がエロティックで、身をよじりたくなる。妻の手のひらは背中だけではなく、肩から二の腕、脇腹や腰まで、じっくりと丁寧に這いまわってきた。

息が苦しくなってくる。

妻がどういうつもりで背中を流すと言いだしたのか、私にはわからなかった。彼女なりにぎくしゃくした雰囲気を解消したいと思ったのかもしれないが、それならなおのこと理解できない。夫婦の関係を良好にして、その先に妻はなにを見ているのか。別れ話をするつもりで、逃避行めいたこの旅行に付き合ってくれているのではないのか。

あるいは、最後のベッドインを演出しようとしているのかもしれない。そちらのほうがリアリティがある。別れる前の、別れるための、最後の情交……。

「惣一郎さん、昼間、カフェで言ってたじゃないですか……」

妻が背中に手のひらを這わせながら、ささやいてきた。

「僕と二十年、三十年……死ぬまでの腐れ縁になってもらいたいって……あれはけっこう効きました。わたしと久我さんは、たしかに腐れ縁なんです。何度も何度も別れてはくっつき、くっついては別れ……どっちがいいとか悪いとかじゃなくて、もう運命っていうか……」

また運命かと、私はカチンときた。

「じゃあ、どうして僕と結婚したんですか？」

声が尖ってしまう。

「運命を断ち切りたかったからじゃないんですか？　よくない運命を……運命って言葉ですべてを納得してしまうのは間違っていると思います。運命に抗う生き方もあるっていうか……むううっ！」

妻の両手が股間に伸びてきたので、私の背筋は伸びあがった。ボディソープでヌルヌルになった手のひらで、下を向いたペニスを包みこんだ。まるで、舌鋒《ぜっぽう》鋭くなった私をなだめるように……。

「さっきスマホで調べたんですけど、腐れ縁って、腐ってどうしようもない関係って意味じゃないらしいです。語源的には、鎖のように切っても切れない関係を指すらしくて……たしかに、わたしと久我さんは、お互いを鎖で縛っていました。それで結局、ふたりとも腐ってしまったんですから、言葉って面白いですね。『鎖』と『腐れ』……わたしはあの人を、久我さんをダメにしてしまいました。高校で美術を教えていたあの人は、画家として大成したいって夢をいったん置いて、家族のために真面目《まじめ》に働いていたんです。でも、わたしと付き合って、どんどんおかしくなっていった……画家としてはそれなりの成功を収めたかもしれませんが、人間としては……わたしのせいなんです。わたしがあの人を腐らせてしまった。だから……」

「希和子さんはどうなんです？」

わたしはうわずった声で言った。妻は言葉に力をこめるほど、ペニスをいじる手指の動きをいやらしくしていった。彼女の美しい手の中で、私のイチモツはむくむくと鎌首をもたげ、痛いくらいに硬くなっていた。

「希和子さんもやっぱり、あの男のせいで腐ってしまったんですか？」

「わたしは……」

鏡越しに眼が合った。妻はひどく哀しそうな眼つきで、

「わたしは最初から、腐ってましたから……」

長い溜息をつくように言った。

「ひとりの男じゃ、満足できない……悪いってわかっていても、どうしようもないんです……こんなわたしでも、結婚したときは、そういう悪癖を断ち切るつもりがありました。悪いことはもう、いっぱいやってきたから、これからはひとりの男の人を愛して、幸せな家庭を築きたいって……」

「じゃあ、どうして……」

「だって」

妻はわたしの言葉を遮った。

「惣一郎さんだって、興奮したでしょう？　あの子……小春ちゃんって言ったかしら。彼女と浮気しているとき……わたしのことも抱いてましたよね。比べてたんでしょう？　若いあの子の体とわたしの体を……すごく興奮したんじゃないですか？」

私は言葉を返せなくなった。

「実はわたし、ちょっと嬉しかったんです。惣一郎さんが浮気を告白して、土下座してきたとき……なんだか、あなたもこちら側に来てくれたようで……腐った人間のほうに近づいてくれたみたいで……浮気されているのに、おかしいですよね？　わたしはやっぱり腐ってるんです。あれから惣一郎さん、わたしのこと抱いてくれなくなったじゃないですか？　わたしは待っていたのに……あの若い女の子よりわたしのほうがずっといいって、あなたに言わせるために……」

妻の瞳がにわかに妖《あや》しく輝き、私は身をすくめた。体の芯に悪寒じみた震えが走り抜けていった。だがすぐに、悪寒は快感に変わり、身をよじらずにはいられなくなった。妻の手指が、男根をしごきはじめたからだった。

「ぼぼぼ、僕は……俺は希和子さんと別れたくない……」

首に筋を浮かべながら、絞りだすような声で言った。

「僕にとって希和子さんは……希和子さんは……この世で愛すべき、たったひとりの女性なんだ……」

「わたしは惣一郎さんを腐らせたくないの……」

妻の男根をしごく手つきが、熱を帯びてくる。右手でそうしつつ、左手では乳首までくすぐってくる。

「惣一郎さんは、きちんとした家庭を築ける人です。たまに……ちょっとくらい羽目をはずしてしまっても、ただのあやまちです。わたしみたいに、性根が腐っているわけじゃない……」

「希和子さんは……腐ってなんか、いません……」

鏡に映った私の顔は、茹《ゆ》でたように真っ赤に染まっていた。声を絞りだすほどに、眼尻には涙が滲んだ。哀しみの涙なのか、快楽の涙なのか、私にはもう、なにがなんだかわからなかった。妻はこれ以上ない卑猥《ひわい》な手つきで、私の男根をしごきつづけている。

「きっ、希和子さんっ！」

私は悲鳴にも似た声をあげ、妻の手を取って立ちあがった。しっかりと抱きしめた。妻の手からシャワーヘッドが落ち、床でジタバタと暴れながら右へ左へ湯を噴射する。

私は抱擁を続けた。

妻もわたしにしがみついてくる。

他にできることはなにもなく、しばらくの間、ふたりともそのままの状態で動けなかった。

8

部屋に戻ると、もつれあいながらベッドに倒れこんだ。

室内は暗かったが、枕元のスタンドがダークオレンジの柔らかい光を放ち、視界は保たれていた。

お互いに全裸だった。バスルームを出たとき、私は妻の体からバスローブを奪った。アップにまとめていた長い黒髪をおろしたのは、妻自身だった。

——あの若い女の子よりわたしのほうがずっといいって、あなたに言わせるために……。

妻の台詞《せりふ》が耳底にこびりついて離れない。そんなことを考えていたことが、意外だった。もっと自信にあふれていると思った。実際、小春がいくら抱き心地がよくても、妻とは比べものにならない。ファストフードのハンバーガーもおいしいけれど、松阪牛《まつさかうし》の霜降り肉と比べるのは愚かな話だ。

私は妻に覆い被《かぶ》さり、唇を重ねた。吐息をぶつけあい、舌をからませあいながら、逆の意味の謎かけかもしれない、と思った。

——腐れ縁の久我さんより惣一郎さんのほうがずっといいって、あなたはわたしに言わせることができる？

からめあっている舌が、にわかにこわばった。眉毛の太いあの男は見るからに精力絶倫そうで、おまけに性的好奇心も旺盛そうだった。変態性欲と言われるプレイでも平然と女に強要しそうな、そんな妖しげな雰囲気がある。

私は自分のセックスに自信がなかった。妻と体の相性はいいほうだと思うが、そう思っているのは私だけかもしれない。

それでもやるしかなかった。私を選ぶか、久我を選ぶかは、妻にしかわからない。

選ばれなかったのなら潔く身を引くしかないと腹を括《くく》り、たわわに実った乳房を揉みしだきはじめる。

「んんんっ……」

乳首をくすぐるように刺激してやると、妻は悶えるように身をよじった。相変わらず、敏感な体だった。あるいは溜まっているのだろうか。このところ、夫婦生活が遠のいていたせいで……。

私は妻の体に馬乗りになり、両手で双乳をすくいあげた。丸々としたふくらみに指を食いこませては、乳首を舌先で舐めまわした。薄闇の中でルビーのように赤く輝く妻の乳首は、いつ見ても卑猥なほど美しい。舐めるほどに硬くなり、鋭く尖っていく。吸いたてて甘嚙みまですれば、妻の呼吸ははずんでくる。眼をつむり、眉根を寄せた表情が、身震いを誘うほどいやらしい。

「くぅううっ！」

左右の乳首をつまみあげると、首にくっきりと筋を浮かべた。女らしい長い黒髪がうねうねと波打ち、乱れはじめた妻の美貌をことさらセクシャルに飾りたてる。

私は後退《あとずさ》り、妻の両脚をM字に割りひろげた。露わになったアーモンドピンクの花びらに息を吹きかけ、匂いを嗅ぎまわす。何度嗅いでも、妻のここの匂いは私にとって極上のパフュームだった。舌を差しだし舐めはじめれば、くにゃくにゃした花びらの感触が頭の芯に火をつけてくる。

私は鼻息を荒げ、夢中になって舌を踊らせた。下から上に、下から上に、花びらの合わせ目を舌先でなぞりたてた。触れるか触れないかぎりぎりのところで舐めていても、合わせ目からは次第に蜜が滲んできて、やがて淫らに口を開いていく。左右の花びらを口に含んでしゃぶりまわせば、蝶々のようにぱっくりと口をひろげ、薄桃色の粘膜が姿を現す。渦を巻く肉ひだの層が、ひくひくと熱く息づきながら、涎《よだれ》じみた蜜をしたたらせる。

「あああっ！」

舌先がクリトリスに到達すると、妻は弓なりに背中を反らせた。私は妻の声が好きだった。普段はうっとりするほど耳触りがいいのに、喜悦に歪むとどこまでもいやらしい。たしかに同じ声質なのに、ベッドで聞くと怖いくらいに本能を揺さぶられる。

恥毛を指でよけて観察すると、クリトリスはまだ包皮に包まれていた。私の舌先はそのまわりを円を描くように動きまわり、妻からくぐもった声を絞りとる。焦る必要はどこにもなかった。明け方までたっぷりと時間があるし、朝になったらやめなければならないわけでもない。

「くぅうぅっ　くぅうぅうーっ！」

包皮が被ったまま吸ってやると、妻はジタバタと暴れだした。私は妻の両脚を力いっぱい押さえ、ますます大胆なM字開脚を強要しながら、クンニを続けた。敏感な肉芽そのものを吸うというより、尖らせた唇の中で唾液の海に沈める。唾液ごと吸いたてて、振動を与えてやる。時折、チロチロと舌先で舐める。

「ああっ、いやっ……ああっ、いやあああっ……」

妻が手放しでよがりはじめても、私はペースを保って執拗《しつよう》に続ける。もはや私の頭には、久我のことなど消えている。妻のいちばん敏感な性感帯と戯れられる幸福に酔いしれ、忘我の心境でただ吸って、ただ舐める。

「いっ、いやっ……いやようっ……」

妻の声音が一オクターブあがった。

「そんなにしたらイッちゃうっ……イッちゃいますっ……」

私はペースを崩さなかった。

「……イッ、イクッ！」

妻の腰が、ビクンッ、ビクンッ、と跳ねあがった。股間も激しく上下したので、私はクリトリスに吸いついていられなくなった。上体を起こし、勃起しきった男根を握りしめた。妻はまだ全身を痙攣《けいれん》させている。かまわず蜜を漏らしている割れ目に、切っ先をあてがっていく。息を呑み、腰を前に送りだす。

「はぁあああああーっ！」

ずんっ、と最奥を突きあげると、妻は白い喉を突きだしてのけぞった。腰から下は、まだ痙攣を続けていた。私は妻の両膝をつかみ、上体を起こしたまま腰を使いはじめた。イッたばかりの蜜壺《みつつぼ》に、したたかなストロークを送りこんだ。一打一打、嚙みしめるように抜き差ししていくと、血管がぷっくり浮かんだ赤黒い肉の棒が、みるみる蜜の光沢にまみれていった。

「ああっ、いやっ……あああっ、いやあああっ……」

妻が両手を伸ばし、抱擁を求めてくる。正常位で繫《つな》がるとき、体を密着させるのが、わたしたちのいつものやり方だった。しかし私は、上体を覆い被せなかった。抱きしめあいながら腰を振りあい、リズムを分かちあういつものやり方には、セックスが内包する悦《よろこ》びのすべてがある。メイクラブと呼びたくなるような、愛しあっている実感がしっかりと味わえる。

だが、これが最後の情交になるかもしれないなら、私は見ておきたかった。妻のあられもない姿を眼に焼きつけたかった。幸い、枕元にスタンドがあるので、自宅の寝室よりも視界は良好だった。喜悦に歪んだ清楚《せいそ》な美貌も、汗にまみれて揺れはずむ乳房も、なにより、M字開脚で私の男根を咥《くわ》えこんでいる身も蓋もないその痴態を、心ゆくまでむさぼり眺めたい。

イカせやすいバックではなく、あえて正常位で貫いたのも、それゆえだった。バックも悪くはないけれど、妻の顔が見えない。私が愛し、ひれ伏したくなるほど崇《あが》めた美貌が淫らに歪み、閉じることができなくなった唇から絶え間なくいやらしい悲鳴が放たれるところを、拝むことができない。

私は腰使いに変化をつけた。単調なピストン運動から、三浅一深にシフトする。三回浅く抜き差しし、一回深く突きあげる。ゆっくりと抜いて、素早く入れる。カリのくびれで、濡れた肉ひだを逆撫でにすることを意識する。角度にもバリエーションを与え、妻の悲鳴が甲高くなるポイントを探す。見つかれば連打を打ちこむ。そうしつつ腰のグラインドも織りまぜて、煮えたぎるように熱くなっている蜜壺を、ねちっこく攪拌《かくはん》してやる。

「くぅううーっ！　くぅううーっ！」

妻はたまらないようだった。緩急をつけたピストン運動に翻弄され、我を忘れて息をはずませている。大きく首を振るたびに、長い黒髪が跳ねあがり、生き物のように妖しく波打つ。

「ねえ、ダメッ……ダメですっ……」

不意に眼を開き、いまにも泣きだしそうな顔で見つめてきた。

「そっ、そんなにしたら、わたしっ……わたし、またっ……」

オクタープがあがっただけではなく、声が甘い。鼻にかかった甘えるような声で言う。

「またイッちゃうっ……イッちゃいますうっ……」

「我慢しないでイッてください」

私は燃えるように熱くなった顔で、妻を見下ろした。額から流れてきた汗が眼に入ってきたけれど、かまっていられなかった。

「イッちゃってください……遠慮しないで何度だって……」

「でっ、でもっ……でもおおっ……」

妻が切羽詰まっていく。全身が、ガクガク、ぶるぶる、と震えだす。私は腰の動きをキープする。三浅一深でじっくり責める。感じるポイントをしつこく探し、見つけだしては連打を放つ。真綿で首を絞めるようにじわじわと、オルガスムスに追いこんでいく。

「イッ……クウッ！」

ビクンッ、と腰を跳ねあげて、妻が総身をのけぞらせた。驚くような激しさで全身を痙攣させ、反射的に両脚を閉じようとした。

もちろん、私は許さなかった。逆にぐいぐいと両膝を押さえこみ、女体を潰すようにしながら男根を抜き差しした。

妻は美貌を真っ赤に染めあげ、獣じみた悲鳴を振りまいている。首に何本も筋を浮かべ、オルガスムスを嚙みしめている。眉間に刻んだ縦皺《たてじわ》はどこまでも深く、紅潮した双頰《そうきょう》はひきつってピクピクと痙攣していた。呼吸を忘れているのに唇はOの字に開いたまま、嚙みしめた白い歯列を光らせる。

ここまでまじまじと妻のイキ顔を眺めたのは、初めてだった。

もっと見たかった。

私は腰を動かした。動かさずにはいられなかった。

やがて、妻がオルガスムスの峠を越えた。重い瞼《まぶた》をもちあげ、潤みすぎた瞳を見せた。ひどく苦しげな表情で下から見上げ、手を伸ばしてくる。

「ちょっ……ちょっとっ……待ってっ……」

少し休みたいらしい。妻のいつもの癖だった。絶頂のあと一分ほどのインターバルを置けばすぐに欲望が回復するのだが、余韻に浸る時間が欲しいのだ。

「ねえ、お願いっ……惣一郎さんっ……」

私は妻の両手をクロスさせて、左手で押さえつけた。空いた右手の親指で、クリトリスを刺激しはじめた。もちろん腰も動いている。三浅一深ではなく、一打一打に力をこめ、渾身《こんしん》のストロークを送りこんでいく。ぬんちゃぬんちゃっ、ぬんちゃぬんちゃっ、と粘りつくような音をたてながら、ねちっこくクリトリスをいじりまわしてやる。

「ああっ、ダメッ……ダッ、ダメぇぇぇぇっ……」

妻の美貌がぐにゃりと歪む。完全に余裕をなくした表情で小刻みに首を振りながら、すがるような眼を向けてくる。眼尻も眉尻もさがり、瞳に涙が浮かんでいる。つらそうではあるが、つらいだけではない。妻の淫らな体は反応している。悠然としたピッチで抜き差しを繰り返す私の男根をすさまじい力で食い締め、決して離そうとしない。あふれた蜜は私の玉袋の裏にまで及び、体をどければシーツに大きなシミをつくっているはずだった。クリトリスの尖り方も尋常ではなく、いじればいじるほどいやらしいくらいに硬くなっていく。

「ねっ、ねえ、許してっ……もう許してくださいっ……」

言いつつも、腰がくねりだす。ハアハアと息をはずませながら、汗まみれの乳房を揺れはずませる。雪色を誇る美しい肌はすでに生々しいピンク色に染まりきり、あちこちに汗の粒を浮かべている。甘ったるい匂いのする、発情の汗だ。妻は発情している。クンニと挿入で一回ずつイッているにもかかわらず、貪欲に絶頂を求めている。

私は焦らなかった。

M字開脚で淫らがましく身をよじる妻の姿を、据わった眼で見下ろしながらも、冷静さを失っていなかった。火を噴きそうなほど熱くなった顔の表面に、滝のような汗が流れていたが、関係ない。男根にはまだ余裕があった。痛いくらいに硬くなっていても、射精の前兆が迫ってきているわけではない。妻をもっと追いこむのだ。もっともっとイカせまくって、その痴態を眼に焼きつけるのだ。

「ああっ、いやっ……いやいやいやっ……」

妻が髪を振り乱して首を振る。

「またイキそうなんですか？」

私は腰と指を使いながら、低く声を絞った。

「あああっ……あああっ……」

妻が泣きそうな顔を見つめてくる。

「イキそうなんでしょ？」

「あああっ……そっ、そうよっ……そうですっ……」

妻の美貌が蕩《とろ》けた。紅潮と汗と歪みが渾然一体となり、眩暈《めまい》を誘うほど淫蕩《いんとう》な表情になっている。

「すっ、すごいっ……すごいわ、惣一郎さんっ……こっ、こんなのっ……わたし、こんなにいいの初めてっ……」

私は一瞬、瞬きと呼吸を忘れた。心臓を撃ち抜かれたような衝撃があった。眼尻を限界までさげ、涙を流すほど発情しているのに、妻の表情には震えるほどの気品があった。

私がいままで、一度も見たことがない表情だった。いや、見たことはある。生身ではないけれど、久我の描く絵にそっくりだったのだ。

これがそうなのか、と思った。

腐れ縁の男が見ていた光景は、これほどまでに衝撃的だったのか。

「イキたいですか？」

衝動的に、言葉が口から放たれた。考えて言ったわけではなかった。

「またイカせてほしいですか?」

「ああっ、イカせてっ……イカせてくださいっ……」

「抜いたっていいんですよ」

腰の動きをわずかに緩めた。

「ええええっ? いっ、いやよっ……そんなのいやっ……」

妻があわてる。震えるほどの気品をかなぐり捨てて、物欲しげな浅ましさを露わにする。だがそれも一瞬のことだった。浅ましささえ、妻にかかれば気品になるのだ。虚構に真実を与え、感動を誘う女優のように、あられもなく乱れれば乱れるほど、妻の美しさには磨きがかかる。M字開脚の中心に男根をずっぽり埋めこまれているのに、なぜこれほど美しいのか理解できない。世にも恥ずかしい格好に組みひしがれてなお、エレガンスの塊のように見える。

涙が出てくる。

ほとんど号泣しているのに、私は私で痛いくらいに勃起している。それで割れ目を穿《うが》ちつつ、クリトリスをねちっこくいじりまわしている。自分で自分が理解できない。

「あなた……イカせて……」

妻がささやく。

「またイキそうなの……もう我慢できないの……ねえ……ねえええっ……」

「おおおっ……おおおおっ……」

私はだらしない声をもらし、妻に覆い被さった。骨が軋《きし》むほど強く抱きしめて、衝動のままに腰を振りたてた。

小細工で妻の性感を操ろうとする、猪口才《ちょこざい》な自分に絶望した。そんなことで、この女と対になれるわけがないと思った。

希和子には嘘がない。

ただ欲望に忠実なだけだ。

腐っているのは彼女ではなく、嘘で塗り固めないと関係を維持できない、彼女以外のこの世のすべてなのだ。

私の腕の中で身をよじる希和子は、腐臭ではなく新鮮な汗の匂いを振りまき、初々しく命を謳歌《おうか》している。若鮎《わかあゆ》と戯れているような抱き心地がする。そのくせ蜜壺は熱く煮えたぎり、男根を食いちぎらんばかりの力で締めあげてくる。

私は負けずに腰を使う。鋼鉄のように硬くなった男根で、両脚をひろげた妻を田楽刺しにする。怒濤《どとう》の連打を打ちこむ。三浅一深など、もはやどうでもいい。むさぼるように抜き差しし、パンパンッ、パンパンッ、と乾いた音をたてて、最奥まで深々と貫く。亀頭が子宮を叩いても、さらに奥を目指す。

「ああっ、いやっ……いやいやいやあああっ……」

あえぐ唇に、唇を重ねる。舌をからめあいつつも、腰振りのピッチは落とさない。むしろ速く、熱くなっていく。妻も下から腰を使ってくる。

「うんぐっ！　うんぐっ！」

息のとまるような深いキスに、妻の顔が限界を超えて赤くなっていく。私の顔も一緒に違いない。お互いの体をこれ以上密着できないところまで密着させて、必死になって腰を使う。ひどくぎくしゃくして不格好だが、それでいい。気持ちだけで抜き差しする。妻の体ではなく、魂までも貫こうと、私は見果てぬ夢に取り憑かれている。

「……うんああっ！」

妻がキスを続けていられなくなった。

「もうダメッ！　イクッ！　イクウウウウウーッ！」

私の腕の中で、妻の体が弓なりに反り返っていく。五体をこわばるだけこわばらせてから、すべてを解放するように、ビクンッ、ビクンッ、と腰を跳ねあげる。私は抱擁に力をこめる。欲望の翼をひろげて羽ばたいていこうとする妻を、なんとか自分の元に留《とど》めておこうとする。

それもまた、見果てぬ夢かもしれなかった。

立てつづけに三度のオルガスムスに達した妻は、真っ赤な顔で白眼まで剝きそうだった。醜いほどに卑猥なその表情が、私のトリガーを引いた。暴れる女体を強く抱きしめながら、私は奮い立った。雄叫《おたけ》びをあげて、フィニッシュの連打を打ちこんでいった。

エピローグ

ビジネスホテルの部屋には饐《す》えた匂いが充満していた。

男と女の体液の匂いだ。ろくに風呂にも入っていないから、体臭もきつくなっているのだろう。慣れてしまった嗅覚ではあまり感じないが、清掃に訪れたホテルの従業員が顔をしかめる光景が眼に浮かぶ。

「わたしを離さないで……」

セックスとセックスの間に、妻はわたしにしがみつきながら、うわごとのように繰り返した。

「ねえ、惣一郎さん……わたしをずっと……一生離さないで……」

札幌市内のビジネスホテルに、私たち夫婦は四泊にわたって滞在した。寝ても覚めてもセックスばかりにうつつを抜かし、空腹を覚えたらデリバリのピザや弁当をとり、といっても旺盛な性欲が食欲を抑制しているのでほとんど食べられないまま、また果てしない快楽の海へと纜《ともづな》をといて出航していった。

私たちは——少なくとも私は、精根尽き果てていた。このまま腎虚《じんきょ》になるまで妻を求め、北の大地で客死するのも悪くなかったが、そんな無様な死に様に、妻を巻きこむわけにはいかなかった。

今日は土曜日で明日は日曜日、この二日間は週末とはいえ、その前の三日間、妻に仕事を休ませてしまった。彼女はひと言も文句を言わなかったが、身を削って育ててきた会社を三日も空けさせてしまったのだ。これ以上休ませるのはさすがに気が咎めたし、私自身、狭いホテルの部屋にこもってセックスばかりしている生活に疲れてきた。

「そろそろ東京に帰りましょうか……」

セックスが終わったあと、裸で抱きあいながらささやくと、

「惣一郎さんが、そうしたいなら……」

妻は私の胸に顔をあずけて返してきた。わたしのことなら気にしないでというふうにもとれたし、よかった、ようやくその気になってくれたのね、というふうにもとれた。

午前十一時、ホテルをチェックアウトした。

四日ぶりに外に出ると、寒さに凍えそうになった。私たちが生まれたままの姿で引きこもっているうちに、冬が深まっていた。ふたりともスーツ姿だった。それも、着たきりなので、だいぶよれている。

「コートを買いにいきましょう」

私が言うと、

「えっ？　もう東京に帰るだけでしょう？」

妻は眼を丸くして驚いた。

「いやまあ、そうですけど……いいじゃないですか……」

私は口ごもりながら、戸惑う妻をタクシーに押しこみ、いちばん格式の高い百貨店に行ってくれと運転手に伝えた。

「札幌に来た記念に、コートをプレゼントしますよ。あっても困らないでしょう。東京にも冬は来ますから」

妻は苦笑をもらした。

「それに、せっかくだから、ちょっとだけでも観光がしたいんです。ひとつくらい、ザ・札幌ってところを見てから帰りましょう。このままだと、どこに来たんだかわからなくなりそうで……」

妻は言葉を返してこなかった。凍えるような北風に吹かれた瞬間、現実に戻ったのだろうか。唐突かつ強引に札幌まで連れてこられた理由を思いだし、能天気にコートをプレゼントだの、観光をしたいだのと言っている夫に、呆《あき》れ果てているのかもしれない。

実際、問題はなにひとつ解決していなかった。私たちはこの地で、まともな話しあいもないまま、セックスに明け暮れていただけだった。

タクシーが百貨店に到着すると、私はまっすぐにハイブランドのショップが並んだフロアを目指し、妻にはベージュの、自分には黒いコートを買った。目ん玉が飛びだしそうなほど高額の値札がついていたが、私の懐にはまだ佐谷に渡された金が残っていた。

「観光ってどこに行きたいですか？」

コートに身を包んだことで、妻の機嫌は少しだけよくなった。

「藻岩山《もいわやま》に行って、ロープウェイでも乗ります？　本当は夜景が素敵なところですけど……それとも、市場に行ってお寿司《すし》を食べるとか」

「時計台がいい」

「えっ……」

妻が失笑をもらす。誰もが知っている超有名観光スポットだが、あまりおすすめではないらしい。

「いいじゃないですか。おのぼりさんっていうのは、そういうものですよ」

「はあ、すぐそこですけど……」

呆れ顔の妻と肩を並べて、札幌の街を歩いた。毎年雪に洗われているせいか、綺麗な街並みだと思った。コートを着ていれば寒くはないし、頬を撫でる冷たい北風も清新《せいしん》にさえ感じられる。

妻はこの街で、高校時代の三年間を過ごした。青春真《ま》っ只中《ただなか》だ。どういう青春だったのか、私は知らない。妻は基本的に、過去のことを話したがらない。未来についても同様だ。来年になったらこれをしようとか、十年後にはこうなっていたいという話を、彼女の口から聞いたことがない。

Live for today——いまだけを生きると言えば聞こえはいいが、どこか歪《いびつ》だ。その歪さが、華を生み、艶《つや》を生む。容姿の美しさを超えて、男を虜にする色香を放つ。彼女を愛するということは、いまだけを愛するということなのである。

私にできるだろうか？

わたしを離さないで、とピロートークで妻は繰り返しささやいてきた。いっそ潔いくらい、真っ赤な嘘だった。彼女は未来のことなんて、これっぽっちも考えていない。オルガスムスが味わえれば、そのくらいのことは誰にでも言うはずである。

私にできるだろうか？

過去を振り返らず、未来に約束もないまま、ひとりの女を愛することが……。

「ここですけど……」

苦笑まじりに、妻が言った。全国に名を轟《とどろ》かす札幌市時計台は、思った以上にこぢんまりした建物だった。私は立ちどまって十秒間ほど眺めてみた。歴史的な建造物なのかもしれないが、なんの感慨もわいてこなかった。

「気がすみましたか？」

妻が白けた顔で言ってくる。

「あと十分……」

私は笑顔で答えた。時計台の針は、十一時五十分を指していた。

「正午になったら、鐘が鳴るんですよね？」

「まさか待つんですか？　この寒い中、十分も……」

吹きすさぶ冷たい風に、白いものが舞いはじめていた。粉雪だった。

「大丈夫。そのためにコートを買ったんです」

妻が深い溜息をつく。

「惣一郎さんって、そういう人でしたっけ？　札幌に来たら時計台って……渋谷でハチ公、新宿《しんじゅく》でアルタみたいな……」

「まあまあ」

私は笑顔で妻をなだめ、あたりを見渡した。時計台の前には大きな通りがあり、横断歩道がある。人通りはまばらで、向こう側の歩道で待っている人たちの顔もよく見える。

信号が青になり、待っていた人々が歩きだした。赤になると、人々は待つ。三回ほど繰り返したのち、目当ての人物の顔が見えた。向こう側の歩道で、久我が信号が青に変わるのを待っていた。

「……どうして？」

妻も久我に気づき、声を震わせる。

「いったいどういうことなんです？　惣一郎さん……」

私は黙っていた。久我を呼んだのは私だった。昨日の夜、妻がうとうとしている間に、トイレにこもって電話をしたのだ。名刺を貰《もら》っていたので番号は知っていた。久我は私からの電話に驚いた様子もなく、すぐに札幌まで来てほしいという一方的な言葉にも、落ち着いた口調で了解の意を示した。

久我を呼びだしてどうするつもりなのか……。

実のところ、はっきり決まっていたわけではない。妻が私より久我を選べば、話はそれまでだった。しかし、どちらかを選べないなら、私は引かないつもりだった。腐れ縁の久我との付き合いを認め、三角関係の苦悩を甘んじて受け入れることを覚悟していた。

いや、いっそのこと三人一緒に住んだらどうかと、提案する用意もあった。半ば自虐的な気分だったが、それ以上に、妻の欲望がどこまで巨大化していくのか、この眼で見てやろうという気になっていた。

逆に言えば、絶世の美女の底なしの欲望に、私と久我がどこまで耐えられるのか……。

敗色濃厚な戦いに参列し、堕《お》ちるところまで堕ちてみるのも、ひとつの愛の形かもしれない——そんなことを考えていた。

信号が青に変わり、久我がこちらに向かって歩きだした。

「ちょっとっ！」

妻が私の腕を揺すってくる。私は動じない。むしろ、妻の激しい焦り方に、驚きを禁じ得なかった。後先考えず男と寝てしまう妻ならば、この程度の修羅場くらい何度も経験しており、眉ひとつ動かさないと思っていたからだ。それが、ただ久我が姿を現しただけで、こんなにあわててふためくなんて……。

あるいはもしかすると、妻の気持ちは私に傾いていたのだろうか。わたしを離さないでというあの言葉は、掛け値なしの本心だったのか。私は不意に落ち着かない気分になった。もしそうであるなら、久我を呼んだのはまったくの逆効果であり、墓穴を掘ることにしかならない。

だが、妻が焦っていたのは、久我本人の登場に対してではなかった。

「見てっ！　あの人……久我さんの後ろにいる女の人っ！」

妻に腕を揺さぶられ、私は眼を凝らした。久我の後方三、四メートルのところに、異様な雰囲気の女がいた。ボサボサの白髪に、青ざめた顔。一点を凝視している三白眼《さんぱくがん》からは、狂気じみたなにかが伝わってくる。

「あの人……久我さんの……奥さん……」

私が息を呑んだのと、久我が横断歩道を渡りおえたのが、ほぼ同時だった。久我はいつもの余裕綽々な笑みを浮かべて、軽く手をあげた。私と妻が表情を失っているのを見て、

「ハハッ、なんだい？　幽霊を見るような顔をして」

軽口を叩き、自分には足があるとばかりに、背筋を伸ばして立ちどまった。

時計台が正午を知らせる鐘を鳴らした。あれほど戦慄を誘う鐘の音を、私は他に知らない。まるでそれが合図であったかのように、久我の妻——正確には元妻が、脱兎《だっと》の勢いで走りだし、久我の背中にぶつかった。

久我は余裕綽々の笑顔をひきつらせて、その場に崩れ落ちた。元妻の手には包丁が握られていた。うつ伏せに倒れた久我の背中にむしゃぶりつき、何度となく白刃を振りおろした。断末魔の悲鳴があがり、血しぶきが飛ぶ……。

後からわかったことだが、すべては偶然の連鎖だった。羽田発、午前七時台の飛行機で札幌に入った久我は、待ちあわせまでの時間をもてあまし、懐かしい故郷の街を散歩していたらしい。そのとき、彼が札幌に捨てていった元妻とすれ違った。久我は気づかなかったが、元妻は気づき、あとをつけた。派遣社員として生計を立てていた元妻は無慈悲なリストラによって仕事を失ったばかりで、人生に絶望していた。すべては自分を捨てたあの男のせいだと殺意がこみあげ、久我がカフェでお茶を飲んでいる隙に、金物屋で出刃包丁を手に入れたという。もしかすると、その時点ではまだ、殺意は本物ではなかったかもしれない。しかし、カフェを出た久我が向かった先で待っていたのは、十八年前、自分たちの家庭を木っ端微塵《こぱみじん》に破壊した女だった。希和子の顔を見た瞬間、元妻の中で過去の怨念《おんねん》が一気に噴出し……。

白昼の惨事にあたりは騒然となった。

勇気ある若い男が元妻にタックルを敢行したので、狂気の沙汰はそれほど長く続かなかった。

しかし、時すでに遅し。

久我は私たちが見ている前で、ゆっくりと命絶えていった。

本書は書き下ろしです。

実業之日本社文庫　最新刊

赤川次郎
忙しい花嫁
この「花嫁」は本物じゃない…謎の言葉を残した花婿がハネムーン先で失踪。日本でも謎の殺人が!?　超ロングランシリーズの大原点！（解説・郷原 宏）
あ112

相場英雄
復讐の血
新宿歌舞伎町で金融ヤクザが惨殺。総理事務秘書官と警視庁刑事が事件を追う。名物ママの死、金融庁審議官の失踪、幾重にも張られた罠。衝撃のラスト！

あ92

梓 林太郎
姫路・城崎温泉殺人怪道　私立探偵・小仏太郎
冷たい悪意が女を襲った――！　衆議院議員の隠し子失踪事件と高速道路で発見された謎の死体の繋がりは？　事件の鍵は兵庫に…傑作トラベルミステリー。
あ310

草凪 優
愚妻
専業主夫とデザイン会社社長の妻。幸せな新婚生活のはずが…。浮気現場の目撃、復讐、壮絶な過去、ひりひりする修羅場の連続。迎える衝撃の結末とは!?

く63

今野 敏
襲撃
なぜ俺はなんども襲われるんだ――!?　人生を一度放棄した男と捜査一課の刑事が、見えない敵と闘う痛快アクション・ミステリー。（解説・関口苑生）
こ210

堂場瞬一
独走　堂場瞬一スポーツ小説コレクション
金メダルのため？　日の丸のため？　俺はなぜ走るのか――。「スポーツ省」が管理・育成するエリートランナーの苦悩を圧倒的な筆致で描く！（解説／生島淳）
と114

湯浅　浩史
植物でしたしむ、日本の年中行事
自然を愛し、時に畏怖し、共存してきたかつての日本人。正月の門松、雛祭りのモモなど、植物の特性と歴史的見地から、行事の原点をとく。

森川　すいめい
漂流老人ホームレス社会
なぜホームレスにならなくてはいけなかったのか。うつ・DV・認知症・派遣切り……、20年以上ホームレス支援を続ける精神科医が現実を活写。

東山　紀之
カワサキ・キッド
川崎での少年時代が「ヒガシ」をつくった──。ちょっぴりせつなく、心あたたまる、秘話満載の自伝的エッセー。あとがきに「五年後に思う」を加筆。

平川　克美
俺に似たひと
町工場の職人として生真面目に生きてきた父親。介護のために家へ戻った放蕩息子。男ふたりの日々が胸に響く介護文学。〔解説・関川夏央〕

深代　惇郎
深代惇郎の天声人語
七〇年代に朝日新聞一面のコラム「天声人語」を担当、読む者を魅了しながら急逝した名記者の天声人語ベスト版が新装で復活！〔解説・辰濃和男〕

朝日新聞社
京ものがたり
作家・スターが愛した京都ゆかりの地
美空ひばりや黒澤明、向田邦子など明治から平成にかけて活躍した著名人三十五人と京都にまつわるエピソード。朝日新聞の人気連載が一冊に。

多田 富雄
独酌余滴
《日本エッセイスト・クラブ賞受賞作》

能をこよなく愛す世界的免疫学者が日本、世界各地で目にした、人間の生の営み、自然の美、芸術、そして故白洲正子との交友を綴る。

中島 らも／中島 さなえ編
中島らもの置き土産 明るい悩み相談室

故・中島らもの代表作のベストセレクション版。編者は、らも氏の長女であり、作家の中島さなえ。本文イラストは能町みね子の書きおろし！

中島 らも
中島らものますます明るい悩み相談室

「十数年解けなかったひとふで書きに挑戦を」など、世間を論争の渦に巻き込んだ⁉ 第四弾。〔解説・小堀 純〕

北尾 トロ
裁判長！ 死刑に決めてもいいすか

裁判員になったら、殺人事件を犯した被告人に死刑と言えるのか？ 死刑と無期の曖昧な基準に悩むキタオ裁判員の傍聴ルポ。〔解説・しりあがり寿〕

北尾 トロ
キミは他人《ひと》に鼻毛が出てますよと言えるか デラックス

競馬の最終レースで有り金すべて勝負する、二三年の時を超えて初恋の女性に告白する……。愛と勇気の爆笑ルポ。〔解説・小島慶子〕

北尾 トロ
キミはヒマラヤ下着の凄すぎる実力を知っているか

恥ずかしさをかなぐり捨てた無意味な挑戦！ 氷点下七度の雪山で下着一枚になる、オムツを穿いたまま放尿する……。怒涛の爆笑ルポ第二弾。

実業之日本社文庫 く63

愚妻《ぐさい》

2016年12月15日　初版第1刷発行

著　者　草凪《くさなぎ》 優《ゆう》

発行者　岩野裕一
発行所　株式会社実業之日本社
〒153-0044　東京都目黒区大橋 1-5-1
クロスエアタワー 8 階
電話 [編集]03(6809)0473 [販売]03(6809)0495
ホームページ　http://www.j-n.co.jp/
DTP　株式会社ラッシュ
印刷所　大日本印刷株式会社
製本所　大日本印刷株式会社

フォーマットデザイン　鈴木正道(Suzuki Design)

ISBN978-4-408-55328-3（第二文芸）